Um Novo Amor à Vista

Comprar nunca foi tão divertido!

Cláudio Quirino

Um Novo Amor à Vista

Comprar nunca foi tão divertido!

Madras HOT

© 2015, Madras Editora Ltda.

Editor:
Wagner Veneziani Costa

Produção:
Equipe Técnica Madras

Criação da Capa:
Décio Gomes

Revisão:
Ana Paula Luccisano

Dados Internacionais de Catalogação na Publicação (CIP)
(Câmara Brasileira do Livro, SP, Brasil)

Quirino, Cláudio
  Um novo amor à vista / Cláudio Quirino. --
São Paulo : Madras, 2015.

  ISBN: 978-85-370-0977-2

  1. Mulheres - Relacionamentos - Ficção
  2. Relações amorosas 3. Romance brasileiro
  I. Título.

15-05632   CDD-869.3

          Índices para catálogo sistemático:
            1. Romances : Literatura brasileira 869.3

É proibida a reprodução total ou parcial desta obra, de qualquer forma ou por qualquer meio eletrônico, mecânico, inclusive por meio de processos xerográficos, incluindo ainda o uso da internet, sem a permissão expressa da Madras Editora, na pessoa de seu editor (Lei nº 9.610, de 19.2.98).
Madras Hot é um selo da Madras Editora.

Todos os direitos desta edição, reservados pela

MADRAS EDITORA LTDA.
Rua Paulo Gonçalves, 88 — Santana
CEP: 02403-020 — São Paulo/SP
Caixa Postal: 12183 — CEP: 02013-970
Tel.: (11) 2281-5555 — Fax: (11) 2959-3090
www.madras.com.br

Índice

Apresentação...7

Prólogo..10

Capítulo Um...14

Capítulo Dois...31

Capítulo Três...48

Capítulo Quatro..59

Capítulo Cinco..75

Capítulo Seis...87

Capítulo Sete..104

Capítulo Oito..111

Capítulo Nove...124

Capítulo Dez..134

Capítulo Onze...140

Capítulo Doze...155

Capítulo Treze...159

Epílogo..163

Agradecimentos...165

Apresentação

O MUNDO É CONSTITUÍDO POR MILHÕES E MILHÕES DE PESSOAS.

Solitárias. Acompanhadas. Que têm casos proibidos, sem satisfazer a necessidade de esconder a vida tumultuada, vazia e desinteressada. Ricas. Pobres. Sempre – e isso é uma absoluta verdade – procuro imaginar quantas pessoas estão por aí, derretidas por estarem ao lado dos companheiros que as amam ou quantas estão decididas a mudar a rotina apenas para se adequar ao equilíbrio confuso dos relacionamentos modernos.

Parece complicado prever que as pessoas mantêm encontros de amor regados com um tipo de sentimentalismo que geralmente não se comporta como deveria. De repente, a estratégia de usar uma roupa atraente para sair ou ensaiar palavras mágicas capazes de impressionar um coração nem sempre é a melhor forma de conquistar.

Às vezes, ganhar apelido carinhoso no primeiro encontro, dividir o mesmo sorvete de baunilha ou ter a certeza de que o céu é pintado de um azul impressionante pode ser bem mais eficiente do que, como disse antes de tudo, tentar parecer original.

Não importa no que você vai acreditar, a vida é sempre feita de sonhos. E também de pequenas regalias, intervalos, surpresas incomparáveis e da urgência de se conquistar o que existe de mais glamoroso e duradouro. Ninguém pode discutir o poder que a vida exerce sobre você e sobre suas decisões.

Em algum momento do seu dia, provavelmente enquanto caia uma chuva fininha ou sopre uma brisa de inverno, você se pegará impressionada com as particularidades da existência e com o inesperado convite – desses que a gente sonha tanto em receber que, quando acontece, não sabemos como reagir.

Algumas pessoas ficam deslumbradas com a ideia de encontrar alguém especial – um solteirão da cidade –, que as convide para jantar, sem conversar sobre negócios, e saiba exatamente ouvir e ser gentil, sem desejar ter somente casos memoráveis. Talvez o grande problema dos primeiros encontros seja sempre parecer especial e dar a alguns de nós uma impressão de que poderíamos ficar sentados, curtindo a maior preguiça do mundo, enquanto o outro está planejando se apaixonar muito cedo.

Tudo é uma questão de observar e de se convencer de que existem as noites livres para experimentar qualquer tipo de coisa. Quer dizer, quase todo tipo de coisa.

Por exemplo, seria vergonhoso convidar um cara para sair e, ao longo da noite em que os dois precisam se entender, você decide conversar sobre igualdade de direito entre homens e mulheres. É tão brochante que chega a ser inestimado. Tanto quanto convidar o "cara dos sonhos" para dormir em casa e, depois de horas cuidando da aparência e dos travesseiros macios, esquecer-se de esconder os dois ursinhos de pelúcia favoritos.

Mais um ponto na sua tabela de constrangimento.

Tornar longo um relacionamento que se iniciou a partir de um encontro desastroso é pior do que curar um rompimento acordado entre duas pessoas adultas que sabem que, por mais inútil que possa ser uma noite sem a presença um do outro, nada vai substituir o precioso tempo que, futuramente, os dois perderiam.

Apesar de complicados, os relacionamentos também podem ser divertidos. Muitas são as versões, entre as quais as principais – ouvidas em qualquer esquina – são: "Nossa, quando você deixou de ser cínica?"; "Acredite, querida, hoje você está um pouco lerda. Acho que me esqueci de dar corda logo de manhã"; ou "Ah, Deus, quando vai parar com a mania de evitar uma discussão fazendo compras na internet?".

Entendo que não deveria estimular o vício incontrolável de liquidar velhos objetos do meu guarda-roupa de mogno, cheio de cabides, ou do porta-sapatos que fica logo atrás da porta. Entretanto, por mais desonesta que seja com a minha consciência, compreendo também que, não fosse o poder que nomes como *Dolce & Gabbana*, *Michael Kors*, *Miu Miu*, *Prada* e *Marc Jacobs* exercem sobre meus estágios de ansiedade, eu estaria acabada e presa à lembrança de um antigo amor.

Relacionamentos e *compras* são mesmo tarefas irresistíveis.

Nunca, na história da minha vida, pude ser tocada por palavras tão aquecidas de modernidade e vida própria. Eu sei que compras não substituem o bom relacionamento, tampouco, este ofusca um estampado sorriso de segurar uma bolsa vistosa *Liu Jo*, um sapato salto agulha *Fendi* modelo "festa de arromba" ou um acessório de brilhantes *Morellato* qualquer, desde que seja ouro 20 quilates.

Relacionamentos e compras não andam de mãos dadas e dão selinhos no rosto.

A melhor forma de explicar sobre os terríveis desastres de conjugá-los no mesmo espaço e tempo é contar exatamente como tudo aconteceu. Não pense, antes de qualquer associação, que entrará em contato com um mundo completamente familiar, cercado de lindas declarações de amor, episódios de sexo selvagem e de finais "felizes para sempre".

Eles até existem, porque não seria possível expressar os acontecimentos da minha vida nestes últimos dias sem, antes de qualquer outra decisão, torná-los mais confusos.

E, como disse, vai ser exatamente falando de *relacionamentos* e *compras* que tudo começa... Nada que lembre o "Em um reino muito distante..." ou "No alto de uma torre, vivia uma pobre garota arrasada que sonhava em comprar esmeraldas", mas é alguma menção igualmente parecida.

Prólogo

ERA UMA VEZ, UMA MULHER MUITO, MUITO COMUM...

Mas que frequenta o melhor e mais conceituado salão de beleza da cidade, por mais que ele seja particularmente caro e que represente uma ameaça para seu pequeno orçamento do mês.

Havia chegado à cidade grande com um sonho... o sonho da diversidade, das manhãs mornas da primavera, do poente por trás das montanhas e da rotina agitada, do brilho ofuscante das grandes vitrines e, claro, do amor que pudesse corresponder à figura de um homem bastante romântico, solteirão – perto dos 30 anos –, atencioso e que soubesse ser *blasé* quando ouvisse pequenos comentários a respeito dos poucos assuntos que formam o cotidiano.

Na verdade, até havia encontrado um primeiro amor chamado Nicolas – o Nick –, e, ao contrário dos garotos que tinha conhecido, ele era concentrado, sabia respeitar as suas decisões; ganhava a vida como entregador de jornais e os trocados que ganhava garantiam todos os finais de semana regados de pizzas, comida enlatada e cinema barato.

O problema do Nick era ser entusiasmado demais, a ponto de não concordar com repentinas mudanças de planos. E isso provocava nela certo aborrecimento.

E então, enquanto garoava numa manhã de março, eles sentaram para conversar e, depois de horas de completo calor, decidiram dar fim ao relacionamento. E ela seguiu a sua vida, sem deixar de acreditar no amor que poderia surgir a qualquer instante e, para evitar se sentir sozinha em seu apartamento, lia revistas sobre moda, grifes e tendências até se convencer de que, em algum dia, esses assuntos fariam naturalmente parte de sua vida. O problema de acreditar demais que a situação possa melhorar, sem transitar entre sonhos e realidade, é que você pode acabar frustrada e "acabada".

E, segundo ela, não era apenas transar com alguém que melhoraria o ânimo.

– Não se resolve dormindo com alguém – ela disse, sentada diante de um imenso espelho oval, com os cabelos cheios de presilhas e hidratantes. – O sexo, às vezes, pode complicar ainda mais tudo.

– Desde que, depois de muito praticar, você não acabe viciada e pensando em usar um vestido de noiva – a outra diz, colorindo as unhas com o *mate* misturado com *glitter* –, tudo bem para mim. Sexo demais com a mesma pessoa deixa você histérica, gritando com as crianças que brincam no jardim e diminui um "laife" de vida a cada tentativa.

– Uma transa bem feita enlouquece e alivia a tensão de um relacionamento muito desgastado. Ninguém pode dizer o contrário sobre isso.

– Absolutamente – comenta. – Mas pode ser muito, muito perigoso. Experimente ficar apegada morando no apartamento com uma antena parabólica, churrasqueira e um bar de drinques. Você nunca mais consegue se livrar dessa "rotina".

– Ainda bem que as coisas estão mudando.

– Mas precisamos concordar que somos tão descaradas quanto os homens no sexo – uma terceira personagem do salão de beleza afirma, recebendo um trato nas cutículas. – Nunca, na história da evolução da humanidade, se viu muitas mulheres conquistando o espaço que realmente merecem. Nós trabalhamos, somos chefes da casa, cuidamos dos convidados e dos bufês para festas, enfim, conquistamos uma importante emancipação.

– E ainda há os implantes de silicone nos seis, botox capilar, tônico muscular...

Todas sorriem, maravilhadas com a ideia de igualdade. Enquanto conversam de modo reservado, elas se sentem celebridades que frequentam um clube para *ladies.*

– Mas nunca abandonamos a mania de nos sentar diante da TV e ver "Diários de Uma Paixão" e "Simplesmente Complicado", quantas vezes forem necessárias, lamentando profundamente as peças que o destino prega na gente. Não deveria acontecer assim.

– Enquanto isso, eles passeiam dentro da sala de cueca samba-canção e segurando uma *long neck.* É o que me deixa mais louca. Esse tipo de tranquilidade representa tudo o que nós jamais vamos ter na vida.

– É bem melhor estar bronzeando a pele numa ilha paradisíaca ou visitar as ruas românticas de Veneza, absorvendo a culinária e as canções apaixonantes. Ou encontrar um amor parisiense, livre dos compromissos e casamentos, e que eleve a autoestima até nos sentir ainda mais importantes. Queremos ser dignas de um "Eu te amo" verdadeiro e que arranque suspiros e lágrimas, e que nos arrebate.

Ela está impressionada com o nível de conhecimento de suas amigas sobre como funciona os desejos mais íntimos da alma feminina.

– Acho que isso merece um brinde especial. Que tal uns *shots* mais tarde, no *pub*? Quero ficar levemente alterada e abordar o primeiro "novinho" que eu encontrar... como fazem as nova-iorquinas.

– *Qual é*, Irene! – alguém diz, ocupada com os esfoliantes à base de maçã verde. – É só uma comemoração especial, não uma preparação para estrear num clube de *swing.*

– E com essa, lá se vão os meus longos anos de equilíbrio emocional.

Mais risos exagerados e o barulho dos secadores de cabelo funcionando todos ao mesmo tempo.

– Ouvir isso é tão bom quanto sentir o perfume inconfundível do *Paco Rabanne* – a segunda diz, sem tirar os olhos do último número da revista *Donove Hair.* – Ninguém consegue controlar o quanto você fica excitada só de pensar.

Ela estremece, imaginando quanto tempo não ouvia falar sobre isso.

– *Ah*, meu Deus! – exclama, empoleirada na cadeira. – A última vez que *o* vi foi naquele programa animado sobre vantagens da massagem tailandesa na vida de casado.

A outra, que havia acabado de comentar, baixou a revista e a encarou por detrás dos cílios postiços longos e das lentes âmbar.

– De quem você está falando?

– Do *Paco Rabanne* – responde, nostálgica. – Nunca mais esqueci aquele rostinho sorridente e simpático de bebê com barba curtinha.

De repente, todas as visitantes estão olhando atônitas para ela. Uma delas oferece um sorrisinho amarelado e pouco convidativo.

– Acho que você está horrivelmente enganada – a outra responde. – Estou falando de uma marca sobre fragrâncias e etiquetas de moda, não de um homem propriamente dito.

E então ela entende que cometeu um erro. Ah, Deus, *essa não*.

– Qualquer uma pode confundir, não pode?

– Tem razão, querida – a outra diz. – Ninguém, aqui, percebeu nada do que disse.

E se voltou para a tinta cor de castanho que lhe tingia os fios de cabelo.

Mas estava simplesmente na cara que nenhuma de suas duas novas amigas jamais esqueceria esse "chute fora do gol".

Capítulo Um

DEUS, COMO EU PUDE SER TÃO ESTÚPIDA?

Tenho uma imensa certeza de que parte dos meus chiliques já teria se equacionado pela centésima ou milésima parte – sei lá, tanto faz – se eu deixasse de ser tão estúpida e parasse de ficar pensando no idiota do Greg.

Controle-se, Darla. Não é o fim do mundo.

Greg – ou melhor, Gregório – era, até pouco tempo, o primeiro e único homem por quem me apaixonei. De verdade, é claro. A maioria dos outros por quem eu pensava que estava tendo crises de amores crônicos, obviamente, não passou de um capricho meu para chamar a atenção. Eu tenho a mania de me envolver com alguém, por menos sério que ele pareça, e criar expectativas a partir do relacionamento. E parece que isso assusta bastante os homens. *Expectativas.* Não existem noites aconchegantes de inverno certas, apesar da tranquilidade e fantasias, ou a promessa sobre o "casamento dos sonhos" certa que consiga dar ao homem a impressão de liberdade de que precisa.

Porque, no fundo, é isso o que eles buscam, inclusive quando se envolvem a ponto de parecerem maduros e interessados. *Liberdade.* Liberdade para chegar tarde e não se desculpar. Liberdade para discutir sobre os assuntos convenientes e ignorar quando nos sentimos incomodadas. Liberdade para monopolizarem o sexo.

Mas amá-los tanto é um grande desastre. Amar um homem como se ele fosse feito de delicadas declarações, de recortes de amor francês e de nuances exclusivas pode ser a mais perigosa das aventuras. De repente, quando é possível enxergar um vestígio do que aparenta ser um interesse no compromisso, você se encontra sonhadora, particularmente comovida com tudo, as suas amigas começam a não suportar a ideia de que perderam você e, o pior, passam a odiá-lo, enquanto disputam o lugar querido no coração que, antes de se apaixonar perdidamente, pertencia a elas. E então, depois de meses acreditando que o homem com quem você divide a cama foi a melhor escolha da sua vida, tudo desanda.

E é exatamente aí que você descobre que foi enganada e acreditou nas palavras erradas o tempo inteiro, quando podia aproveitar mais e buscar a sua própria liberdade.

Puxa, por que os homens não podem considerar o que nós, mulheres em busca de compromisso, simplesmente pensamos?

Como podem abandonar o navio, antes mesmo de concluir uma jornada por meio de uma descoberta? Não deve ser tão complicado assim nos levar a sério.

Mas voltemos ao Greg...

Namorávamos há seis meses e, a princípio, o relacionamento parecia tão firme a ponto de partir um *iceberg* ao meio, vitória que eu fazia a maior questão de esfregar na cara cheia de brincos e maquiagem das minhas melhores amigas – Vicky e Cristina. Oh, pelo amor de Deus, não sorria e não pergunte pela Barcelona, porque ficarei aborrecida. Detesto quando ligeiramente me encaram, nos momentos em que estou particularmente concentrada em algo importante, e caçoam por ter amigas com os nomes daquele filme do Woody Allen – *Vicky, Cristina, Barcelona*.

Talvez precise encontrar uma amiga chamada Barcelona, a quem possa apelidá-la de Barça... como aquele time de futebol europeu.

Sinceramente, nem sei se é mesmo um time de futebol europeu.

Vicky – Victória, muito prazer – e Cristina não gostavam do Greg. No dia em que o conheci, soube que Greg seria o homem perfeito, porque parecia óbvio o meu olhar de encantamento. Ah, e também o meu olhar de animalzinho desesperado. É isso mesmo, pode rir à vontade.

Estávamos no *Vidigal*, um restaurante ótimo e particularmente caro, e Cristina conversava animadamente sobre vestidos que precisava comprar, na Madison, enquanto Vicky e eu admirávamos (boquiabertas... e babando) o *modelito* que ela estava vestindo naquela noite sossegada.

Tive que ocultar um desmaio de choque, assim que as duas entraram pela porta e, como se brilhasse à luz ofuscante de uma passarela, Cristina abriu um sorriso enorme e a sua boca regular reluziu com um batom vermelho de finuras deslumbrantes.

Quase escorreguei para baixo da mesa, para esconder meu conjuntinho simplório, que tinha custado, no máximo, 42 pratas, num brechó fofinho e organizado, que ficava pertinho da casa da minha tia Irene. Quase dei o maior vexame.

Tentei ligeiramente me nivelar, afinal de contas que mal elas poderiam me fazer?

As minhas dúvidas desabaram quando Cristina recebeu uma ligação profissional no seu *blackberry* novinho em folha. Colossal. Brilhante. Lindo. Invejável. *Que ótimo.* Pensei automaticamente no meu aparelho *Siemens* funcional, pretinho básico, e encolhi na cadeira, feito uma baratinha desnorteada. Lembro que começou a tocar uma música da Norah Jones e, no mesmo instante, todas nós abrimos um iluminado sorriso.

O bom de ouvir a voz suave da Norah é que você nunca deixa de ficar pensativa e pode se abrir francamente com as pessoas, sem deixar de ser surpreendente e atraente.

Viramos os nossos copinhos com conhaque e beijamos os nossos tomos de limão, de maneira que eu fiquei com as bochechas tão vermelhas quanto um pimentão. Cristina deu uma risadinha dissimulada e sarcástica, que eu fiz a maior questão de não perceber.

Um monumento de homem moreno se aproximou da nossa mesa e estendeu a sua mão para mim. Dá pra acreditar nisso? Para mim!

– Aceita dançar comigo?

Minhas pernas tremeram feito bambu e eu parei imediatamente de respirar. Vicky e Cristina olharam com expressões de que me matariam se recusasse a oferta daquele pedaço de mau caminho. Ele era lindo de morrer. Possuía olhos enormes e castanhos, do tamanho de carambolas, e eram penetrantes. E aquelas pernas! Como eram musculosas. Tentei encontrar uma forma de respirar mais encurtado e não dar muita bandeira, claro.

– Bem – eu disse, colocando uma mecha de cabelo atrás da orelha –, acho que não há nenhum problema.

– *Qual é!* Ele é um gato! – as palavras espirituosas de Vicky encontraram os meus ouvidos como um sussurro convidativo.

– Você vem ou não?

Ele ainda estava parado à minha frente, com a mão estendida.

– Tudo bem – segurei a mão dele e levantei da cadeira, tremendo. – Vamos.

Enquanto dançávamos lentamente numa área reservada, conversávamos sobre um pouco de tudo. Estava me divertindo, trocando os passos e, minuto ou outro, dando uma boa e firme pisada no pé errado, que Greg geralmente respondia com um sorrisinho para esconder uma excruciante dor descabida.

Era ousado, charmoso, quase um *desses* astros lindíssimos de Hollywood. Não era bem um Robert Pattinson, com um cavanhaque irlandês e cabelo lambido para trás, mas ambos tinham traços de um sorriso igualmente parecido. É óbvio que estava encantada!

– A propósito, meu nome é Gregório. Mas pode me chamar apenas de Greg.

– Greg. Gostei. Muito prazer.

– Não vai me dizer o seu nome?

Meu coração quase parou com a aquela pergunta. Greg estava com as mãos firmes na minha cintura e, a cada momento que se arrastava, descia um pouco mais por minhas costas pálidas e endurecidas de tensão e excitação.

– Vou. O meu nome é Darla.

Greg deu um beijinho em meu rosto. Fiquei escarlate, olhando para os cantos e, de uma vez, procurei ficar rigidamente paralisada. Continuamos dançando um pouco mais.

– *Huumm* – Greg começou a me olhar de um modo sedutor, e eu desviei o olhar. – Suas amigas parecem estar se divertindo conosco. Elas não param de cochichar.

– Elas irão me inundar de perguntas a seu respeito, sabia? A noite toda.

– Não tenho tantos segredos.

Senti a pegada delicada em minhas mãos suadas e frias. O corpo de Greg estava se ajustando ao ritmo da música. E ao meu. E eu bem que estava gostando do amasso. Não que eu fosse nenhuma *devassa qualquer* ou coisa parecida, longe disso, mas aquilo era mesmo muito, muito gostoso. Fazia tempo – quase dois anos, para ser franca com você – que eu não sentia uma pegada nas costas tão firme.

– Então, Vicky e Cristina ficarão bastante desapontadas.

– *Sem informações.* Esse é o nosso "pequeno e comum" acordo.

Sorri feito uma menininha idiota, que dança com o primeiro namorado, e percebi o entusiasmo em seus olhos brilhantes e cheios de interesse.

– Tudo bem, como quiser.

– Você promete?

– Prometo. Sou uma mulher de palavra.

– Tomara que também seja uma mulher boa de cama.

Engoli em seco, sem saber se sorria ou retribuía o elogio com um bofete bem dado na cara (sem vergonha) dele. Na dúvida, apenas fitei o seu rosto com olhar desconfiado, e mordi rapidamente os lábios, entretanto maluca de vontade de fazer artimanhas com o Greg, na minha cama de casal grande, cheirosa e arrumada.

E o dia simplesmente amanheceria sem que nenhum de nós percebesse.

Fiquei calma e convincente até mesmo para a minha própria consideração, o que acabou sendo uma surpresa sem tamanho.

– É cedo demais para isso, não acha?

– Talvez.

– Por quê?

– Gosto de mulheres assim... *como você.*

Lógico que, quando ele disse isso, eu estava quase desmaiando em seus braços de tanta admiração e pequenas dores no cangote...

– Como eu? Que tipo de mulher você acha que eu sou, Greg?

Greg pareceu pensar um pouco, como se avaliasse as alternativas de que dispunha e, então, deu uma risadinha perto dos meus ouvidos em alerta máximo.

– *Sexy*. Moderna. Descompromissada. *Convidativa*. Tantas qualidades para falar a noite inteira...

– Uau! Se isso foi um elogio, *obrigada!* – disse, quase tão alto quanto a música da Norah, que cantarolava algo sobre bater com a cabeça na parede. – Nunca me senti com nenhuma dessas qualidades, honestamente, e dizê-las da maneira como disse foi mesmo muito gentil da sua parte.

– Pois deveria sentir, porque há um brilho especial em você.

– Com as mulheres, isso não funciona.

– Um hábito muito estranho, por sinal.

– Somos neuróticas e compulsivas. Seria inútil tentar nos desvendar.

Greg sorriu para a minha descrição perfeita sobre o mundo das mulheres e guiou o passo valsante para a direita e a esquerda. Na confusão, pisei no seu pé, mas Greg pareceu tranquilo. Se ele sentiu qualquer dor, sentiu sozinho, sem dividi-la.

Deixei escapar a respiração, um pouco mais aliviada e agradecida.

– Nós não temos comportamentos muito diferente, se isso te servir de consolo.

– Agora, você tocou num assunto importante.

– Sobre os homens?

– Sim.

– E agora, do que vai reclamar?

– Por exemplo, acho que nunca entenderei a forma como pensam – digo, tentando parecer certa e normal. – É quase sempre tão inesperado, que fica difícil de acompanhar.

– Melhor nem tentar. Você pode sair machucada, acredite.

Pior que Greg estava certo. O envolvimento com os homens errados – como ele – *sempre* (sempre mesmo!) acaba em choro que não dá uma trégua, noites mal dormidas, tranquilizantes e quilinhos a mais.

A essa altura, qualquer uma poderia morrer de tanto desgosto. Estou detestando estar no *Vidigal*, sentada na mesma fileira e na presença de Vicky e Cristina, enquanto conversamos sobre o fato de o Greg ter terminado comigo.

Já é ruim o bastante passar a manhã inteira de domingo choramingando pela casa, enquanto parte das pessoas caminha pelas ruas clareadas, sob um céu azul, límpido e aveludado, em direção aos parques e à igreja do bairro. Costumo frequentar reuniões, na companhia dos meus pais e irmã – a Andréa.

É uma coisa ótima, que consegue manter a mente ocupada. Mamãe convenceu a mim e Andréa, desde muito pequeninas, a ter uma religião, o que acabou não sendo uma ideia frustrante, porque, na época, Andréa estava atravessando uma fase muito difícil da adolescência e tinha um estranho hábito de escapulir de fininho de casa para farrear com os seus amigos marginais. Foi só quando papai brigou seriamente, que Andréa entendeu a situação e decidiu obedecê-lo e acompanhá-lo até a igreja. Isso mesmo, na marra.

E eu – coitadinha e raquítica como era – nem ousei desafiar a autoridade de papai, porque sabia muito bem o que me aguardaria.

O *Vidigal* está bem mais cheio e agitado que o normal. É possível ouvir, apesar da música baixinha, murmurinhos acentuados das conversas animadas que reverberam por todo o restaurante. Existe, na noite de hoje, uma agitação consideravelmente contida de clientes importantes e curiosos do lado de fora, aguardando as mesas se esvaziarem para recebê-los. Vicky conversa com um dos garçons, o rapaz sardento e que parece atencioso enquanto anota o pedido num bloquinho colorido e repleto de arabescos. Conhecendo-a como conheço, ela provavelmente está pedindo drinques de *dry martini* bem preparados e acompanhados com uma rodela de limão, uma azeitona flutuante e corante cor de rosa.

Acredito que uma taça de *dry martini* possa animar um pouco mais a minha noite.

E para piorar, Cristina joga a sua vistosa bolsa lilás – tipo couro de pelicano – e se senta à frente. Vicky, ao contrário, está sentada de modo tranquilo, sempre advogando a causa. Vicky é certamente a mais sensata de nós, porque pensa antes de cada decisão, ao contrário de

Cristina, que não é muito propensa às programações. Foi numa dessas, que Cristina escapou de ganhar o olho inchado, após discutir com uma mulher estrábica, que acreditava que o marido gorducho estava tendo encontros às escondidas com ela, o que não era verdade. Por dias, Cristina ficou escondida dentro de casa, embora olhasse todo minuto os comandos do alarme, sempre que algum animal passava correndo no quintal ou caminhava sobre o telhado, admirando a noite da cidade.

Eu, diferentemente das minhas duas melhores amigas, sou uma *carta fora do baralho*.

Falando em olhos inchados, os meus parecem duas bolsas escuras. Tinha chorado pelo fato de o Greg ter rompido nosso namoro. Chorado alimentando o cachorro. Chorado abraçando o gato estilo pelúcia. Não é possível que eu ainda tivesse o que derramar por alguém, exceto às segundas, quando Oprah entrevista as minhas celebridades favoritas. Na última segunda, a Jennifer Aniston me fez sorrir um pouco e, por mais que estivesse magra e valorizada, acabei em lágrimas descontroladas quando ela disse que sentia falta de *Friends*.

Ah, Deus, eu amava essa série. Amava muito.

– Ainda não consigo acreditar que Greg dispensou você.

– Eu avisei... – Cristina disse, com seu olhar de desinteresse. – Sempre soube que o Greg daria um pé na sua bundinha perfeita.

– *Cristina!* – Vicky intercede, quando nota a minha expressão de perplexidade; os meus olhos estão horríveis. Minha maquiagem borrada, então, nem quero pensar. – Não está vendo que ela está sofrendo?

– Tudo bem – e ergo a mão, fingindo não me preocupar. – Cristina está certa. Não devia ter confiado nas promessas que o Greg me fez.

– Só procure esquecer, querida. Pensamento positivo.

Cristina suavemente ajeita os seus longos cabelos aloirados sobre os ombros. Eles escorregam e brilham de tão sedosos, provavelmente perfumados com o hidratante mais caro do mercado. Talvez, um *Head & Shoulders* da mais alta qualidade e patente crítica.

– Pior seria se Greg tivesse largado você de véu, vestido e tudo mais, no altar. Aí, sim, seria horrível e pesaroso – continua Cristina. – A essa altura, você estaria no alto de uma ponte, equilibrando-se entre a vida e a morte. O mundo estaria acabado. E você, de tão arrependida, pensaria coisas do tipo: "Ele não soube aproveitar o amor que dediquei, as torradas que fiz todas as manhãs..."; ou "Por Deus, nem chegamos a experimentar um sexo compartilhado".

Vislumbro a entrada da igrejinha apinhada de convidados e músicos orquestrando a marcha nupcial. Meus olhos ficam molhados. O vestido era enorme, branco de doer na vista, bem desenhado e cortado. E luxuoso, só para completar. Pelo amor de Deus, é um Paxton deslumbrante, longo! E ninguém, em sã consciência, pode recusar um vestido desse porte e calibre, como se ele fosse objeto qualquer, pode?

Um Paxton é o sonho de consumo de qualquer mulher.

Consegue imaginar o grau de moderação do meu desespero, só de pensar que não usarei mais um vestido assim?

– Querida, tudo isso já passou – Vicky cautelosamente tenta me fazer melhorar da fossa em que mergulhei de cabeça e tudo. – Você agora tem liberdade de sobra e espaço suficiente para conhecer, escolher e discordar de outras pessoas. Encare Greg como um investimento que não deu lucro, que nunca levaria você a lugar algum.

– A verdade é que... – Cristina diz, esticando o pescoço magérrimo para olhar por cima do mar de cabeças que jantava à luz do lustre pérola, até que encontra um garçom. – Ah, tanto faz, precisamos encher a cara. Homens venenosos como ele merecem sofrer e ter uma vida absolutamente desprezível. Não merecem uma aposta alta e privilegiada.

– Beber? – pergunto, horrorizada. – Não acho que seja uma boa ideia.

– *Claro que é!* Beber é sempre uma excelente ideia – Cristina ri alto, olhando para os lados como se pudesse evitar aquele comentário. – Consegue imaginar quantos males as pessoas curam com bebida?

Dou uma risada. O bom humor de Cristina é mesmo inalcançável. Quem poderia pensar que ela naturalmente ostenta toda a sua beleza rara, as joias brilhantes e o sorriso de sempre, à custa da sua maneira despreocupada de enxergar o casamento com Lucas – um magnata de uma cadeia de hotéis luxuosos e que mais parecem palácios, erguidos no finalzinho da cidade – como vantagem? Vicky, pelo contrário, casou-se com Rafael – o músico bem-sucedido e que tem o estúdio iluminado e bonito –, mas o seu casamento é bem mais honesto, feliz e interessante do que o de Cristina.

Não existe muitos parâmetros de comparação entre elas, exceto um pouco mais de extravagância da parte de Cristina e um pouco mais de tranquilidade da parte de Vicky. E se você ouvir que as duas foram contratadas para estrear uma campanha sobre um *loft* elegante no subúrbio de Manhattan, pode ter certeza de que também ouvirá desculpas do tipo "e adoraria consultar o preço e dar um lance de 400 mil" ou "pelo amor de Deus, ter uma penteadeira no quarto é tão *vintage* e cheio de *glamour*".

– Talvez, você precise comer – sugere Vicky, preocupada com a minha palidez.

– Às vezes, odeio sugestões – Cris parece contrariada. – Não posso quebrar o meu regime, como cada uma de vocês bem sabe. É muito trabalhoso seguir à risca o que diz a minha nutricionista, Estella, e não viver somente de aparências, salada e ovos cozidos. É tão natural quanto manter a vaidade.

Seguro o cardápio folheado que está sobre a mesa e examino com calma as opções disponíveis, tentando tirar proveito da situação. A minha mente evidentemente não para de repassar as sólidas palavras que Greg me disse, antes de pegar aquela maldita mala e bater a porta. Procuro me concentrar no cardápio, obviamente decidindo entre comer ou beber, como sugeriu a Cristina. Na verdade, não sei o que pode ser melhor.

Baixo o cardápio, frustrada, depois de um demorado tempo.

– Não consigo decidir entre vitela de frango com aspargos e rúcula... – olho para o cardápio novamente, apenas para me certificar do nome. – Rúcula toscana.

Cristina volta a erguer o menu para fazer algumas avaliações.

– Vamos ver... *hum*... quantas calorias temos...

Lanço um olhar inconformado para Cristina e dou de ombros. Calorias, *calorias* e calorias. O mundo, de uns tempos para cá, valoriza as preocupações com calorias e isso está se tornando um vício indispensável e uma paranoia difícil de corrigir.

– A vitela de frango com aspargos parece a melhor escolha – Vicky responde, sem o menor interesse na conversa sobre calorias.

No fundo, estou encaixada na classe das mulheres que se preocupam com calorias e com a desastrosa transformação que podem causar no corpo. Pensar na deformação nos deixa estressadas e vulneráveis a qualquer piada de mau gosto.

– E a rúcula tem 25 – finalmente digo, fazendo as contas para escolher o que comer. – Mais 28 calorias da água com gás. Parecem *bem* mais dignos.

Cristina coloca o dedo no queixo, pensando seriamente e, então, decide por nós.

– Bem, se é para manter a boa forma, vamos comer rúcula toscana – ela abre uma toalha azul-celeste e estende diante do prato ainda vazio. – Não quero parecer o tipo de mulher que vive correndo na esteira, enquanto o marido está na sala se embriagando e convidando os amigos inconvenientes.

Aceno devagar, o melhor que posso, tentando evitar certos comentários. Eu estava com alguns quilos a mais do que havia anotado nas minhas metas do mês. Quem liga se eu estiver uma baleia? Ninguém! Pensando melhor, *quase* ninguém. Clarice, uma colega do trabalho, que faz piadas de mau gosto sobre minha cintura cheia de pneuzinhos, logo perceberia. E isso seria simplesmente o meu fim e não sobrariam nem as minhas cinzas.

Odeio a Clarice. Oficialmente falando.

Ela costuma fofocar (e longe de mim) que um pouco de *spinning* resolveria o meu problema. Em uma certa manhã de movimento na loja, ela até me contou isso e quase nos engalfinhamos no meio das prateleiras de cosméticos.

Puxa vida, não lembro direito se comentei que sou vendedora de cosméticos numa lojinha bem arrumada, comentei? Pois é, já deu para notar *o quanto estou feita na vida.*

A rúcula desce fervendo na garganta. Um minuto depois de acabar de comer, bebo o resto da água para aliviar o gosto amargo. Vicky e Cristina ainda comem e, enquanto mastigam, minhas entranhas se contorcem. E o cheiro de comida parece tão enjoativo. Sinto ânsia de vômito e, quando a vontade aperta um pouco mais, peço licença de qualquer jeito e sigo correndo na direção do banheiro.

Lá, o ambiente inteiro cheira à sabonete de menta e eucalipto, desses que a gente passa nas mãos. Entro numa cabine vazia, levanto a tampa do vaso sanitário e fico de cócoras. Nada. Faço esforço. Nada novamente. Baixo a tampa, e fico estudando o meu reflexo no espelho imenso que cobre uma parte do banheiro do restaurante.

De repente, meus olhos brilham de pânico e entendimento. Não. Não pode ser.

Ah, Deus, será que estou... *grávida*? Olho para a minha barriga e, estranhamente, sinto como se algo estivesse chutando por dentro. Uma, duas, três vezes. Fecho os olhos e, ao mesmo tempo, bato na testa com a palma da mão. Péssima hora para engravidar. É realmente uma hora muito ruim, que vai me render dias de enjoos matinais e aquele tipo de desejo que deixa as pessoas a sua volta correndo e malucas. Já me imagino apertando uma campainha reluzente e alguém de olhos arregalados e respiração ofegante entrando no quarto, de bloquinho na mão, e eu gritando que o neném quer... bem, quer picadinhos de melancia com calda de apricot.

E então, eu ouviria uma pergunta nervosa do tipo: "O que é apricot e onde posso encontrar isso, seja lá o que for?". Eu diria "Não grite comigo" e cairia no choro. O lado ruim de descobrir que se está grávida, antes de ter uma completa crise e começar a fazer os planos para o enxoval do bebê, é que você não consegue controlar os próprios impulsos. E isso não é apenas uma suposição. É fato. Se bem que... por um simples acaso, eu juro, entrei na página virtual da *BabyStore.com* e fiquei encantada com a possibilidade de ter uma menina toda sorridente, ostentando vestidinhos rosa *Miu Miu*, sapatinhos dourados *Mahogany* e lacinhos de fita *Tiffany*, enquanto outras mães nos olham encantadas.

Mas, em cada situação, por mais fabulosa que pareça ser, existem os dois lados da moeda. Gorda. Ganhando pouco. Mal amada. E... *Grávida!* Então penso direitinho.

É claro que não posso estar grávida! Duas luas crescentes se passaram e, também, Netuno está emparelhado com Saturno, segundo a combinação astral que saiu na revista *Astrid*. Não há a menor compatibilidade entre eles. Minha mente se ilumina com contas e números e, apesar de toda a agitação reveladora, consigo vislumbrar o calendário todo circulado com canetinhas coloridas e cercado de *post-its*. Acontece que... O problema de acordar sempre de mal com a vida é que você, às vezes, acaba esquecendo de agendar algo muito, muito importante.

E só agora é que estou lembrando que...

Abro a porta do banheiro, notavelmente perplexa, e volto correndo para a mesa. O caminho de volta parece interminável. Merda. O caminho está bloqueado pelas mesas lotadas, garçons atenciosos e pessoas sorridentes, para a minha completa frustração.

– Estou grávida! – grito, desesperada, ainda de longe.

Então, para meu espanto, algumas pessoas interrompem conversas sobre negócios e relacionamentos arrastados, e olham para mim. Até o *maître* deve ter escutado, porque está de queixo escancarado e cochichando com uma granfina toda empinada, enquanto a atmosfera inteira a meu redor se enche de curiosidade.

Vicky e Cris interrompem o assunto divertido que estão discutindo calorosamente, erguem as cabeças e me encaram, estupefatas. O rosto de Vicky, inclusive, se contrai de perplexidade.

– *O quê?* – Cristina pergunta, toda confusa.

– Tem um bebê dentro da minha barriga!

– Você não está grávida, Darla. Você pirou de vez?

– Estou, sim! – enterro o rosto nas mãos, perdida. – Aquela cigana que leu minha mão estava coberta de razão. Ela disse que, em breve, eu teria uma grande surpresa, não disse? Mas ignorei, porque a única ideia que me passou pela cabeça foi a de que uma de vocês me daria de presente um *Donna Karan*.

Cris cai na gargalhada, porém Vicky continua com o rosto cheio de incredulidade.

– *Francamente*, Darla, você estar grávida é quase uma piada.

Pisco, ofendida. Do que a Cristina está rindo tanto? Será que é difícil entender que sua melhor amiga está esperando um neném, sem que isso pareça divertido? Posso estar grávida, mas não vou cair nesse joguinho estúpido.

– Você acabou de comer rúcula e ela estava muito salgada, não estava?

Sento lentamente na cadeira, quase me jogando, ainda mais perdida e zonza. Acho que o meu neném "adora" salada de rúcula toscana.

– Você não está grávida – diz Cristina, inevitavelmente. – É a sua labirintite!

Fico estarrecida. *A labirintite*, claro. Olho para elas, envergonhada, e procuro não ficar muito aborrecida. Afinal de contas, quem é capaz de confundir uma súbita crise de labirintite com gravidez? Esse momento é um enorme desastre. Pego o copo de Vicky e tomo a água, para esconder mais um deslize de rotina. Como se isso fosse possível!

– Qualquer um teria pensado a mesma coisa, não teria? – digo, aliviada e sorrindo.

– Uma neurótica, talvez – Cristina discorda, mas procuro manter a dignidade. – E Darla, escute e memorize, quando a gente chega ao estágio de acreditar que está grávida e precisa de um obstetra, é um sinal para se preocupar.

– Cristina, por favor, pare – Vicky, sensata como sempre, defende o meu ponto de vista. Graças a Deus, *Vicky me adora!* Viro para ela, com os olhinhos turvos. – De todo modo, você só está cansada e precisa de tempo para refletir com mais calma sobre o que aconteceu.

– Talvez – digo –, devesse encarar com menos seriedade esse assunto. Quer dizer, nós fizemos planos incríveis, dividimos a cama e transformamos o meu apartamento no lugar onde poderia florescer perfeitamente uma vida de casal apaixonado.

– Esse foi, honestamente, o problema – Cristina comenta. – Vocês tornaram o que deveria ser uma simples convivência descompromissada num cotidiano matrimonial. Eu detesto admitir, Darla, mas o seu apartamento tinha cheiro de roupa passada, café batido com coalhada e cueca estendida. E esse é o modelo de vida que a gente tem que resistir, pelo simples fato de que nos torna presas a uma rotina em que há grande dependência um do outro. Aí você, depois de mergulhar nesse mundo obscuro, esquece que não pode mais viver sem ele e, quando acontece uma separação inesperada, lá se vai sua sanidade mental e lá se vêm os dias em que entrará em pânico.

E desde quando esses são os sintomas de que alguém está apressando as coisas?

– Alguma de vocês pode me dizer o que há de errado com os relacionamentos que começam cedo demais? – pergunto. – Antigamente, o homem chegava até uma mulher e dizia: "Nada como um pedido de casamento para iluminar um dia chuvoso", e ela, então, respondia: "Você quer parar de tentar me confundir com as frases de *Doce novembro*? ". E assim chegavam a um acordo, sem que um deles se zangasse, chutasse o que estivesse por perto ou carregasse a própria mala.

Vicky se mantém em silêncio, mas esse é o tipo de comentário que parece demais para os ouvidos da Cristina.

– Tudo está mudando, as mulheres estão mudando e o conceito de relacionamento também está mudando – diz, passando o dedo no canto da boca. – Deus, como eu sinto falta do tempo em que, para namorar, você precisava passar por cima de uma centena de convenções familiares. Até alguém finalmente descobrir tudo, você já estava envolvida e emocionalmente chantageada demais para recuar.

Deixo os ombros caírem, imaginando qual seria o tamanho do meu pé-frio para os relacionamentos. Se até as carolas do século XIX se davam bem, mesmo às escondidas, isso é um péssimo sinal para uma mulher que vive num mundo cheio de facilidades.

– Tenho um plano brilhante. Não podemos permitir que o Greg tome conta da sua vida.

Nem sei o que pensar a respeito. Da última vez em que concordei, acabei entrando num clube, onde a melhor coisa que deu para apreciar, à luz colorida e vibrante, foi um fulaninho careca, vestindo uma tanguinha e rebolando no centro do palco. Fiquei branca de pavor, quando ele se aproximou e, de repente, esfregou o bumbum bem perto do meu rosto perfeitamente maquiado com o meu pó da *Mary Kay*. A tanguinha dele ficou toda manchada de lilás. Vicky e Cristina estavam vermelhas de tanto rir e fazendo exigências do tipo "vamos liberar um vídeo seu na internet, se você não provocá-lo". Mas não fiz nada, além de ficar gelada e paralisada.

Passei um tempão recusando as ligações delas, furiosa, e pensando no bumbum do fulaninho tremulando bem pertinho na minha bochecha. Foi um choque, um trauma que nunca mais abandonará a minha cabeça.

– Precisamos de compras. Precisamos conhecer as novidades da *Madison*.

Deixo aquela lembrança pavorosa para trás e meus olhos se abrem.

– *O quê?* Compras?

Ah, Deus, não. Compras, não.

– Uma mulher só precisa de algo novo para esquecer um homem em dois tempos, querida – Cristina parece obstinada com a ideia de fazer compras na Madison.

Ah, minha santa protetora das mulheres sem limites no cartão de crédito, *compras não!* Esmoreço vagarosamente, tentando afastar a imagem daquelas vitrines.

Aliás, você conhece a *Madison*?

É, sem dúvida, o lugar mais sofisticado do mundo. É impossível olhar as vitrines e resistir à tentação de ficar só admirando a paisagem. Lembro-me da fatura do *Visa*, que chegou logo de manhã e qualquer possibilidade que eu tenha pensado se despedaça em fragmentos. Cerca de três números a mais. Como economizaria tanto para cobrir todos aqueles gastos? Assim que peguei a fatura na caixinha dos correios, corri para o sofá da sala. Abri o envelope com os dedos trêmulos – e torcendo para que alguns presentes não tivessem sido debitados. Pensando bem, acho que até fiz uma oração para algum santo protetor da causa (ele existe?), antes de finalmente verificar.

Quase desmaio. Estou encrencada, muito encrencada mesmo.

Olhei para a lista de itens e conferi um a um, ofegante.

Cinco *capuccinos* de chocolate branco e chantili.

Um par de sapatos salto agulha *Michael Kors* de camurça azulado.

Um vestido *Dolce & Gabbana* lindíssimo de morrer, no Vitta Essence.

Cerveja *lager* sem álcool. (*O quê?* Ah, eu lembrei! Papai venera. Bom, uma dívida a menos para mim).

Um batom e duas máscaras para cílios, da *Mary Kay*.

Uma meia-calça *Kendall* (achei bem chocante, quando vi).

Segunda parcela do crédito educativo (ah, Jesus, ainda faltam oito!).

O sapato lilás *Carmen Steffens* caríssimo e com desenho novo, porém necessidade de qualquer guarda-roupa.

Uma camisa xadrez para o Greg (se arrependimento matasse...).

O visor da calculadora exibiu – tirando a cerveja sem álcool – o total inacreditável de quase dois mil e seiscentos reais.

Capítulo Dois

A *MADISON* ESTÁ COM POUQUÍSSIMAS PESSOAS ATENDENDO.

Nenhuma de nós realmente se importa, principalmente Cristina e Vicky, porque à medida que a loja se esvazia de clientes entusiasmados, elas caminham sobre os saltos altíssimos à procura de qualquer coisa interessante nas vitrines. Fico parada na primeira seção – a de joias e brilhantes reluzentes –, imaginando todas as possibilidades de usá-las em eventos sociais chiquérrimos e, o melhor de tudo, usá-las para impressionar, para fazer arregalar os olhos até mesmo daquelas granfinas metidas à besta que almoçam dentro do *Vidigal*. Eu seria uma atração à parte, a fonte de uma disputa entre alguns homens de negócio e investidores ingleses.

Imagina só a cara de babaca da Clarice, quando me visse com uma daquelas joias.

Seria tudo de maravilhoso!

De repente, imagens da minha condição de vendedora de cosméticos se revelam, e eu obviamente esqueço essa bobagem de ficar me exibindo por aí, carregando brilhantes pendurados no pescoço. Ouço Cristina rindo a alguns passos e, como reflexo, seguro ainda mais a minha bolsa de mão.

Posso sentir o meu *Visa* zanzando para lá e para cá, sem que consiga controlá-lo.

– Não é linda? – Vicky aparece à minha esquerda, exibindo uma pulseira folheada a ouro. – É tudo de que eu precisava. E imaginem só, está pela *metade* do preço.

Meu coração vibra, bate, rebate e chacoalha... como meu cartão de crédito. Meus lábios se abrem no sorriso idílico, desses que a gente não consegue resgatar a tempo de fazer uma loucura qualquer. Encaro a pulseira como se fosse um pedaço da minha vida e, um segundo depois, estou próxima de Vicky, com as mãos formigando e interessada totalmente em olhá-la mais de perto.

Céus, foi amor à primeira vista. É ajustável, com dobras flexíveis, e seus adereços, que devem ser de pura elegância, tilintam quando você começa a andar. Podia combinar com o vestido lilás ou com aquela calça jeans recém-comprada.

Vicky sorri para mim, entusiasmada por ter encontrado um tesouro no meio das relíquias valiosíssimas da Madison. Tenho que impedi-la. *Imediatamente.*

– Vai mesmo levá-la? – pergunto, pensando numa desculpa para fazê-la desistir. – Ouvi dizer que as pulseiras dessa marca, em especial, mancham com o tempo. Olhe só – aponto, segurando as pontinhas de ouro e sentindo um súbito estremecimento de tensão –, está na cara que nunca vai ter um valor sentimental para você.

Vicky parece pensar a respeito. Depois disso, aposto que ela não vai mais levar.

Ela será minha! Abro um sorriso contemplativo e de vitória.

– Mesmo assim, vale usá-la uma ou duas vezes... – diz, convicta. – *Por semana*. Ela é tudo! E representa o tipo de objeto que você nunca mais vai encontrar outro igual.

Meu sorriso de triunfo desaparece com a mesma velocidade com que se abriu, e meus ombros murcham.

– Não combina com a sua delicadeza, Vicky – olho para a vitrine e indico o anel dourado, que se destaca no meio da coleção. *Tinha um cristal!* – Aquele anel é perfeito, não acha?

– E o que ele tem de mais?

Vicky está examinando o anel.

– Tem uma superfície e acabamento invejáveis – enquanto tento ser convincente, a pulseira nas mãos de Vicky brilha muito para mim. – E o cristal enrugado? *Meu Deus*, quantos anéis no mundo têm esses cristaizinhos autênticos? É do tipo que melhora até o ânimo das celebridades.

Quero comprar o anel com cristaizinhos e a pulseira brilhante! São perfeitos.

– Na verdade, não estou convencida de que devo ficar com o anel.

Minha crise de ansiedade atinge picos acima do normal. Seguro a mão de Vicky, suficientemente para não denunciar o quanto estou nervosa.

– Você disse que estava precisando de um anel estonteante e novo para formatura da Alice, não disse?

– É, estou mesmo – Vicky diz, ainda estudando o anel com cristais. – Mas, eu não posso entrar na *Madison* e fingir que não vi uma pulseira pela *metade do preço*.

Claro! Já é humanamente impossível passar pela *Madison* sem dar uma virada na cabeça, para admirar cada uma das suas enormes vitrines iluminadas, imagina encontrar algum acessório pela metade do preço! Vencida, deixo as minhas mãos caírem de lado e procuro imediatamente me entreter com os incontáveis cabides de roupas de malhas, lãs e variedades.

Péssima ideia, Darla, péssima ideia.

Para evitar a frustração após notar que um paletó lindíssimo, de fato, não caberia no meu orçamento mensal – nem no anual, para ser franca –, sento num estofado macio e com dois pequenos travesseiros azuis. Lembram o céu. Lembram também aquele *outdoor* da esquina, colossal, desenhado com uma figura carismática e aterrorizante de tão linda. Eu suspiro, conformada com o meu destino de acompanhar as minhas amigas, enquanto elas gastam tudo o que podem, sem se preocupar com as outras contas do mês ou como se não houvesse um amanhã.

De onde estou sentada, observo Vicky experimentar o sapato impecavelmente alto e de couro vermelho.

– Acha que ficou ajustado? – ela pergunta, após dar um salto do sofá e examinar a sua altura à frente de um espelho.

– Ficou adequado – uma vendedora sorridente e bajuladora responde, com um riso de dar nos nervos. – Por que não experimenta o mocassim? Parece ser o seu estilo.

Bem, a vendedora não pode dizer outra coisa, pode? Ela trabalha para uma loja de grifes que só pensa em acumular lucros. Olho desinteressada para o mocassim de Vicky, e oculto uma risadinha sarcástica, dessas que diz: *nossa, Vicky, você está parecendo uma grande e gorda pata-choca com esses sapatos.*

– O que achou, Darla?

Controlo a minha vontade de rir.

– Ficou ótimo, querida!

Pensei em dizer: *ficou ridículo e te deixou 20 anos mais velha, querida!*

– Você não vai levar nada?

– Administrando gastos – digo, quase trêmula. – Meu limite está estourado. E, de todo modo, não vejo necessidade de renovar minhas peças, pelo menos por enquanto.

– Podemos resolver – Vicky diz, abrindo a bolsa para pegar o cartão de crédito.

– Não, não! – eu levanto do assento, acenando nervosamente com as mãos. – Não precisa, Vicky. Estou apenas como acompanhante de vocês. Para ser franca, ando dando um tempo dessa vida de consumismo e adotando uma nova postura.

– E que seria... – Vicky incentiva minha resposta, sem nem me olhar de onde está.

– Lutar pelos direitos dos animais em extinção – a vendedora abafa uma risadinha. – Imagina quantos pandas são sacrificados para sustentar o luxo da humanidade?

– Francamente, Darla, pandas nem são sacrificados. Você deve estar se referindo a jacarés.

– Eu sei – e digo, quase me engasgando –, mas há um grau de parentesco distante entre eles.

Ela olha para mim, com uma expressão de surpresa e curiosidade, mas resolve dar a mim a chance de mudar de ideia.

– Tem certeza? Posso debitar no meu cartão, depois a gente acerta.

– Obrigada, mas não precisa – agradeço, procurando alguma coisa para mergulhar a minha cabeça dentro.

– Tudo bem – Vicky guarda o cartão e olha para os lados. – Onde está a Cristina?

Dou de ombros, consciente do sumiço de Cristina dentro da *Madison*. Ninguém é capaz de desaparecer na Madison, porque é completamente fechada e possui uma porta de saída e outra de entrada, numa área coberta por câmeras de segurança.

Mais vitrines luxuosas ficam para trás, enquanto ajudo Vicky a encontrar Cristina.

Ah, meu Deus, e se ela foi sequestrada, enquanto todos estavam entretidos? É bem a cara de lugares como a *Madison*. Hollywood está transbordando de filmes assim – de repente, mulheres vaidosas estão agitadas, falando sobre esmeraldas e um buquê de hera e rosas vermelhas... até uma delas descobrir que a madrinha do casamento sumiu. E, em meio a caras e bocas nervosas, todo mundo é considerado parte de uma conspiração.

Giro o calcanhar e encaro a porta como se fosse um perito criminalístico.

Uma mulherzinha suspeita está tomando a champanhe que restou na taça, olhando torto para o centro cheio de revistas sobre grifes e tendências urbanas de inverno. Pego o pouco da coragem que ainda existe em mim e me aproximo de Vicky, sem dar muita bandeira ou para não parecer que estou desconfiada.

– Você não está achando *aquela* mulher misteriosa? – pergunto, puxando a manga do casaco de Vicky, que está parada bem pertinho dos cardigãs.

No mesmo instante, ela engendra os ombros e estica o pescoço para o lado.

– Qual mulher?

– Aquela que está parada ao lado da porta – digo, quase sussurrando. – Acho até que ela pode ter drogado Cristina e escondido o que restou nos fundos da loja – e a puxo devagar para o canto – ... você sabe, para cortar-lhe o cabelo e negociar com traficantes.

Vicky ainda está olhando discretamente. Fico apreensiva e, para a minha surpresa, a mulher abre um sorriso e, então, acena para nós. Ah, Deus, agora somos um alvo fácil e acabamos de ser descobertas. Preciso de uma estratégia. Eu encolho os ombros e olho para Vicky, controlando o medo e o impulso de sair correndo e gritando... até descobrir que Vicky também... está... retribuindo... o... aceno.

É pior do que eu pensava. Elas estão mancomunadas.

Céus, que espécie de melhor amiga a Vicky é? É tão difícil confiar nas pessoas.

A mulher coloca a taça na meia-parede que divide duas seções e, delicadamente, vem até onde estamos. No meu canto, sem saber no que pensar ou em quem acreditar, já estou prestes a armar um escândalo tão grande onde não sobrará ninguém com tímpanos a salvo para reproduzir a história.

– Victória! – e elas se abraçam afetuosamente e trocam selinhos nas bochechas. – Que surpresa encontrá-la na *Madison*!

– Para você ver como ando completamente atarefada – Vicky diz, toda sorridente. – A vida de casada tem me mantido um pouco mais do que deveria em casa. Mas, olha só, então é mesmo verdade – a mulher joga a cabeça para trás. – Eu quase não acreditei quando contaram que você havia feito uma plástica. Está com uma aparência ótima!

– Como ficou sabendo?

– Essa cidade tem andando muito monótona, então não há nada melhor a fazer do que falar sobre as celebridades – ela responde. – E você também esteve muito sumida, não tivemos notícias suas. Por onde andou?

– Estive passando uns dias em Amsterdã e Lisboa – percebo que ela evita o assunto de que fez uma plástica. Encaro as suas feições perfeitamente normais. Onde cargas ela fez uma plástica? – Você sabe, é o começo de minhas folgas de verão. Imagino que conhece Lisboa, não é? Aquele ar caipira e moderno e aquela hospitalidade fazem você perceber que poderia viver ali mesmo pelo resto da vida e esquecer do mundo.

Enquanto elas falam sobre suas viagens ao redor do mundo, estou fascinada com a ideia de caminhar por calçadas de Lisboa, de visitar os castelos imperiais e desfrutar do sonho de encontrar um verdadeiro amor português.

– Não sou fã das cidades europeias – Vicky responde. – O frio me deixa sonolenta e cansada.

– Tenho a certeza de que adoraria uma duradoura temporada na Europa. Voltaria renovada e cheia de energia.

Meus olhos brilham de encantamento. Amo a Europa. Visitei a Áustria, uma parte de Paris e – não posso esquecer – a Hungria. Em sonhos, claro. Examino aquela mulher e, de repente, o seu rosto parece familiar. Tenho uma ligeira lembrança de tê-la avistado em algum lugar, mas onde? Ela tem olhos castanhos e uma pele muito bronzeada.

Uma postura um tanto esguia, se é mesmo o que quer saber.

Também tem os cabelos cor de pântano africano. Nem sei o que quer dizer alguém ter cabelos dessa cor.

– Não exagere! – ela dá uma gargalhada exagerada e, então, volta-se para mim, com ar de pura surpresa. – E você, *meu bem*, quem é?

– Sofia – Vicky diz, olhando para mim –, esta é uma querida amiga. Darla.

Seguro firme a sua mão e sinto a delicadeza fria de sua pele. Ela sorri gentilmente.

– Olá! – cumprimento, oferecendo um sorriso simpático.

– Que lindo nome você tem. É um prazer conhecê-la.

– Você não reconheceu a Sofia? Ela é modelo de grifes da *Madison* – Vicky diz. – A modelo daquela revista que você *protege* como se fosse um filho.

Sofia me encara por trás dos longos cílios postiços coloridos de pó cor magenta e eu fico muda de choque. Mas como... Alguém pode, por favor, me dar um beliscão?

É ela! A minha musa inspiradora.

E eu inocentemente pensando que ela era uma assassina terrível.

A modelo estampada na capa da minha revista de final de ano favorita. Chegar em meu apartamento, após um dia de trabalho cansativo, e folhear a *Madison Magazine* é um *hobby* que cultivo desde que visitei, pela primeira vez, aquela pequena banca de jornal.

Encontrei a revista enterrada no meio dos inúmeros livros versão de colecionador empoeirados. Nunca beijei e desejei tanto um pedaço de papel em toda a minha vida.

– Não posso acreditar que é... – abro a minha bolsa, e puxo de vez um bloquinho de anotações. – Você dá um autógrafo bem aqui?

Na verdade, estava pensando em pedir para que ela rabiscasse no meu busto, mas a sua assinatura não ficaria imortalizada.

– Com certeza!

Sofia sorri animadamente e assina na terceira página em branco. Olho para aquele autógrafo como se fosse um diamante lapidado e, após Sofia concluir tudo, aceno para o meu bloco de anotações e o guardo no mesmíssimo lugar. Parece que ganhei na loteria e não estou disposta a dividir com mais ninguém o meu prêmio.

Ah, meu Deus, a modelo da *Madison Magazine* me deu um *autógrafo*! Estou certa de que isso vale uma fortuna e, talvez, se eu negociar num banco de investimentos, tudo vai acabar com uma fotografia de uma jovem estampada no *The New York Times* exibindo, com um sorriso de pura confiança, o segredo da sua mudança de classe social. Carregar um autógrafo de uma celebridade é como ter um diamante valioso nos bolsos. É como ir ao Brooklin ou Soho e não se sentir particularmente atraída pelo desejo de viver o sonho americano. É como ser beijada pelo George Clooney e nunca mais lavar o rosto.

– Estou interrompendo algum assunto muito importante, meninas?

Cristina grita de longe, enquanto aparece por trás de um ajuntamento de roupas de grifes, coberta de brilho, um cacheado de plumas e purpurina amarela.

– Venha se juntar ao grupo! – Sofia a convida, enquanto eu a admiro, maravilhada e quase à beira das lágrimas. Sentamos nos estofados fofinhos da *Madison*. – Que tal um pouco mais desses maravilhosos drinques?

Um pouco deslumbrada por estar na companhia das minhas duas melhores amigas e de Sofia, a modelo da *Madison Magazine*, deixo as vitrines ofuscantes com a desculpa de que preciso caminhar um pouco e comprar um livro para me acompanhar durante as muitas noites de sofrimento e choro de solidão. As ruas não estão movimentadas, mas é possível observar pessoas ocupando as mesas de bares e restaurantes, perto da Madison.

Eu amo essa parte da cidade, amo mesmo. Aqui, a gente pode respirar melhor o ar e a elegância das sacadas dos edifícios altíssimos, enquanto sonha com os dias melhores para sempre. Bem aqui, deste lado, e é incrivelmente sério, poderia acontecer uma típica história do Dia dos Namorados. Uma garota espirituosa está caminhando com as amigas e, distraídas pela noite gelada e por agasalhos de lã, encontra o homem dos seus sonhos; alguém, certamente a sua amiga mais observadora e preocupada, tentaria alertá-la sobre os perigos de encontrar um primeiro amor de inverno, mas é tarde demais. Aconteceu o que menos se esperava – e os dois, homem e mulher, estão particularmente conectados, fazendo pequenos planos e convidando um ao outro para tomar chocolate quente.

Todos os amores verdadeiros nascem assim, de momentos de que ninguém nunca vai ser capaz de explicar. O amor verdadeiro que nasce nesse pedaço da cidade deve ser mágico, desinteressado e puro... tão puro e doce quanto açúcar que derrete na boca. É o tipo de amor que todos buscamos desesperadamente nas páginas dos livros ou a partir dos encontros arranjados que, na maioria das vezes, são terrivelmente desastrosos. É o tipo certo de amor que nos faz sentar de manhã e sonhar, enquanto a vida acontece.

É o tipo certo de amor que Greg me prometeu e me fez acreditar que existiria, mas nunca foi capaz de cumprir. Ah, meu Deus, eu preciso *muito* de um amor assim.

Sigo pela calçada da livraria, acolhendo o meu corpo da temperatura da noite, que começa lentamente a esfriar. Os carros passam por mim e desaparecem nas esquinas. Eu entro na livraria e, após deixar a minha identificação na recepção, caminho em direção à sessão de livros românticos. *Livros românticos*, sim. É absolutamente comum ter algum tipo de consolo na perfeição e nas qualidades dos nossos suspiros pelos personagens tão encantadores, que parecem intocáveis, sem considerar um erro se apaixonar.

Em algum momento acompanhada pelo consolo reconfortante das páginas, você deixa de se sentir ressentida, acaba esquecendo, e uma nova possibilidade de recomeço se apresenta.

A imagem de Greg deitado na minha cama, coberto apenas por um lençol branco e cheiroso, me apunhala. Deteto a solidão. Você chega cheia de expressivas novidades e não há ninguém para compartilhar. No lugar onde antes havia alguém para abraçá-la e sorrir, quando fosse promovida, agora existe apenas vazio e silêncio. É horrível recorrer aos velhos truques como encarar o espelho e sorrir para si mesma, enquanto desenvolve perfeitamente a rotina de mais um dia de trabalho.

Quem é que pode terminar a vida assim?

Ninguém, exceto um louco. Ou, talvez, um hipopótamo.

Caminho ao lado das enormes estantes, procurando absorver a energia dos livros e dos personagens. Bem de perto, são descomunais, enfileiradas e recheadas de relíquias empoeiradas. Apesar do ar morno e cheirando a naftalina, o interior da livraria parece tradicional e familiar; pessoas desfilam pelos corredores, entretidas com inscrições que encimam as estantes, em busca de um entretenimento que faça o restante da noite valer a pena. Volto a atenção para uma estante a distância, pintada de um verde-esmeralda, e não consigo disfarçar um contentamento quase indiferente.

E então, lá está ela, quase tão cheia de loucura e desejo reprimido.

Enterrada no meio de uma porção de livros, encontro a minha autora favorita.

Jane Austen... simplesmente linda de morrer.

Quando seguro entusiasmada *Orgulho e Preconceito*, sinto uma incrível onda de alívio. Determinada a me ocupar com a leitura, chocolate e pipoca, aguardo a vendedora conferir os dados do cartão de crédito, enquanto observo o lento movimento dos leitores que, apesar das aparências, penetram cada vez mais no santuário de livros e de segredos.

Mordo os lábios, tentando parecer honesta e digna da compra.

Lá se vai mais um item para aumentar meu extenso débito. Bom, é por uma nobre causa, não? Sinto-me naturalmente atraída pelas pessoas que examinam as estantes. Elas parecem tão inteligentes e interessantes.

– Recusado.

No mesmo instante, afasto a imagem das pessoas da minha mente e giro o rosto na direção da atendente.

– *O quê?* – pergunto, incrédula.

– Seu cartão foi recusado.

– Como assim *seu... cartão... foi... recusado*? Tenho um bom crédito disponível.

Ela baixa os olhos para o monitor, tentando conferir a resolução da compra. Deve estar havendo algum engano, um intrigante engano.

– Às vezes, acontece. Quer que eu tente outra vez, senhora?

Olho para ela com uma expressão entre horror e perplexidade.

– Acha que tenho cara de *senhora*? – pergunto, indignada. – Nem sou casada!

– Ah, sinto muito – a atendente responde, ruborizada. – Não quis ser grosseira.

– Eu sei – digo. Só queria pagar a conta e levar o livro da Jane Austen para casa. – Tudo bem, sem o menor problema. Poderia passar o cartão novamente?

A atendente credita o valor do livro na máquina e solicita que eu digite a senha.

E a máquina apita de novo. Não é possível. São Pedro, que nunca gostou de mim, deve estar me olhando lá de cima e gargalhando alto, de orelha a orelha.

Não posso simplesmente estar com um problema na minha conta, posso?

– Recusado. Quer tentar mais uma vez?

Espera um pouquinho.

Quando era a data do vencimento daquela fatura que eu recebi... e... ainda... não... paguei? Tinha um valor mínimo a ser pago, de R$ 845, não tinha?

– Você não pode comprar o livro à vista?

– Não precisa, acabei de lembrar – eu recolho o cartão, frustrada, mas demoro em devolver o livro. – Escuta, estou precisando de alguma coisa para me distrair e *este* livro parece ser uma boa alternativa. Acabei de terminar um relacionamento de longo tempo – a atendente continua me encarando, sem manifestar emoção – e, você sabe, a gente nunca abandona a mania de ficar meses sofrendo, sem ter nada para fazer... – então, suspiro –, a não ser chorar e perder alguns quilos por isso. Ou engordar, quem sabe.

Finalizo o perfeito discurso orgulhosa de mim mesma. Quando novamente volto a olhar para a atendente, ela está sorrindo satisfeita por ter encontrado uma fabulosa ideia para o nosso impasse com o cartão de crédito.

– Acabo de descobrir uma solução prática para o seu problema.

– Então diga – chego mais perto do balcão, curiosa.

– Você podia fazer uma ficha de leitura numa biblioteca.

Meu sorriso desaparece. Qual é a dessa moça? Francamente.

– É quase onze da noite! Bibliotecas não ficam abertas até onze da noite, ficam? – pergunto, num tom aborrecido. – Preciso de um livro para *hoje*!

A atendente está olhando para mim, de boca aberta, provavelmente ofendida pela minha desfeita. Tudo bem, Darla, respire fundo.

Só acabou de acontecer um impasse e você não estava preparada para isso.

Agradeço e decido finalmente ir embora. Aos pouquinhos, a noite fica estrelada e silenciosa. Atravesso a rua que limita um dos córregos cortados por uma sólida ponte de madeira e a avenida apinhada de movimentação. Por um momento, caminho sem notar para onde estou indo, mergulhada em pensamentos ensurdecedores. Os primeiros sinais do apartamento onde moro surgem ladeados por prédios altíssimos e um campo aberto de futebol, que geralmente fica barulhento aos domingos. Gosto do começo da semana, porque é bastante sossegado e equilibrado.

Posso assistir – sem ter problemas – aos programas de entretenimento. E me deitar em alguma almofada no chão, debruçada sobre as pernas, enquanto minha lista de séries americanas se esgota, deixando para trás a nítida imagem do que deveria ser uma vida perfeita. *Sexy and the City, Manhattan Love Story, Two Broke Girls, Marry me, Up all Night, Jane The Virgin...* e por aí vai.

Quando entro em casa, sou surpreendida por Au-Au, a minha cadelinha (ah, agora ela está com o pelo tosado e limpo), que late e abana o rabo. Não sei o que seria de mim sem a Au-Au para escutar as minhas lamúrias, sem reclamar.

Se bem que, muitas vezes, ela me deixa sozinha e vai latir para o gato do Ivan – o vizinho que tem um forte cheiro de mostarda. Acho até que ele gosta muito de mim.

– Oi, amorzinho – digo, jogando a bolsa sobre a mesa e procurando o saquinho de ração. – Está com fome?

Au-Au responde com olhinhos assustados, mas logo começa a saltitar por toda a cozinha, enquanto preencho o vazio da tigelinha de comida. Substituo a água na caneca e, então, tomo um banho relaxante com os sais que ganhei de mamãe. A água faz o meu corpo cansado estremecer como bambu e sinto que poderia haver coisas tão boas quanto um bom banho. Ao terminar, enrolo a toalha nos cabelos molhados, visto uma camisola básica para ficar mais à vontade e preparo a comida.

Minha barriga ronca tanto que posso escutá-la. Eu preciso fazer algo, enquanto os ovos mexidos com azeite e tomate ficam prontos.

Ah, acho que já sei!

Vou colocar aquele CD perfeito do Kenny G que eleva o meu espírito até a Nona Sinfonia de Beethoven. Se você quer mesmo ser útil na vida, procure sempre ser prática.

Minha noite será incrivelmente maravilhosa... mas sem a presença do Greg.

Pensando melhor, por que tenho que ficar pensando nele o dia inteiro? Ou sempre chorando com saudade? Não é certo. Ele quem optou por sair de casa, não o contrário.

Sento no sofá, saboreando cada pedacinho da comida. Está um pouquinho salgada e seca, mas não consigo imaginar nada melhor para a ocasião. *Nossa*, essa sala está uma bagunça! Antigamente, eu tinha disposição para arrumar o apartamento e tomar um bom drinque de licor maltado com rodelinhas de abacaxi.

Uma delícia, se quer mesmo saber.

Quando deixo o prato vazio e oleoso, organizo minhas revistas sobre o centro, e penso num novo destino para os dois jarros de porcelana. Ficariam muito melhores na estante da outra sala.

A campainha toca e, ajeitando os cabelos, corro para atender a porta. Ao abri-la, meus olhos se arregalam. Greg está parado do lado de fora – e lindo como nunca.

Feche a porta. Feche a porta, Darla, ou conviva com as consequências.

– Oi! – ele sorri e sinto as minhas defesas desabarem. – Posso entrar?

Procuro conservar a minha honra e dignidade. Afinal de contas, que honra?

Nós já praticamos *mantras, chacras, yin-yangs, cabalas...* ou sei lá mais o quê.

– O que você está fazendo aqui?

– Só queria esclarecer – fico parada, estudando a proposta. – Tenho a impressão de que devo isso a você, pelos nossos seis meses de relacionamento.

– Acredite, você não me deve nada, Greg – rebato, confiante e decidida.

– Posso entrar, pelo menos?

Afasto-me da porta e Greg passa por mim com cheiro de lavanda.

– Só preciso que você seja breve, Greg. Muito breve, aliás. Depois de dizer o que precisa, quero que vá embora.

– *Qual é*, Darla! – e diz, sentando-se no sofá. – Somos duas pessoas adultas que se envolveram, experimentaram um pouco de cada coisa...

– Mas que acabaram não dando certo – completo, aborrecida.

– Eu ia dizer outra coisa.

Por um segundo, o olhar dele paira sobre mim e sinto meu pescoço esquentar com o contato. Eu cruzo os braços, para mostrar o quanto estou no controle da situação.

Não estou a fim de ceder a qualquer palavra. Não estou mesmo.

– Então, o que você ia me dizer?

– Que estou com *muitas* saudades.

Meus ombros caem. Por um momento, esqueço o que Greg disse antes ir embora e faço um beicinho consolador. Na verdade, faço um beicinho de avaliação.

Preciso manter a calma e ser firme, dura, áspera, troglodita. Ah, tanto faz.

– Sem dramas, Greg. Foi você quem decidiu sair por aquela porta, *não eu*.

Ele ergue as mãos para o ar.

– Pelo amor de Deus, Darla, cometi um erro! – olho para ele, e continuo de braços cruzados. – Você não faz ideia do quanto estou arrependido, e não faz a menor ideia do quanto a minha vida não tem sentido sem você. Aquele quarto de hotel é triste, vazio e a manhã é arrastada. De repente, acordo de manhã e você não está lá para me mostrar qual a melhor gravata para uma reunião de negócios, qual cumprimento é o mais conveniente para receber as visitas, e quando devo deixar de pensar alto demais.

– É claro que você não conseguiria isso por muito tempo – digo em minha própria defesa. Parece justo, não é? – É um homem completamente dependente das pessoas que cuidam de você. Conheço as minhas qualidades e limitações, Greg. Sei que não sou tão egoísta quanto eu aparento. Sempre dediquei parte da minha vida a esse relacionamento que, por sinal, parecia um relacionamento que me fazia acreditar que teríamos futuro e que isso seria somente o começo de uma união feliz – suspiro, deixando as mãos caírem –, mas parece que nada disso funcionou direito.

– Tem razão, isso foi horrível da minha parte – Greg levanta-se do sofá e caminha em minha direção. – Onde estava com a cabeça, quando disse que não valia a pena ficar perto de você? Essas palavras nunca fizeram *nenhum* sentido para mim e nunca seriam verdadeiras.

– Então, por que simplesmente ignorou que eu ficaria magoada e disse isso?

– Por puro reflexo, Darla – Greg diz, abrindo os braços de um jeito confuso. – Por puro medo de pensar demais e, mesmo com isso, provocar uma catástrofe ainda maior. Amor, acredite em mim, o que eu disse ainda está me assombrando e, antes que me faça algum mal, não quero ser esse tipo de homem que enxerga coisas onde não existem e sai de casa acreditando que tomou a melhor decisão da vida. Eu quero ser o tipo de homem com quem gostaria de estar, de passar a noite e de dividir o café na manhã seguinte. Não é difícil me perdoar.

Meus olhos marejam. Cá em meus botõezinhos frouxos, tenho a mesma impressão do acontecimento.

– Eu só queria entender por que a gente... – digo, quase aos soluços.

Greg me abraça e, enquanto faz isso, penso em como ele teve coragem de dizer aquelas coisas. Eu andava meio briguenta, admito, mas como é possível manter a calma e a paciência quando o homem que a gente ama chega tarde, à noite, e praticamente mal considera que você existe? E também tinha a TPM, as contas estouradas do mês...

Não tinha como ser legal com ele o tempo inteiro, tinha?

– Eu sei o quanto você sonhou – ele diz baixinho, ainda com o rosto enterrado nos meus cabeços. – Por isso estou aqui. E nunca mais deixarei você sozinha.

– Droga, Greg, pare de dizer essas coisas – implico. – Minha cabeça está confusa demais e precisa de um tempo para pensar no que deve fazer.

– Sua mente não tem nenhum controle, não seja tão racional. Você é dona de suas próprias escolhas, amor – ele pronuncia com tanta propriedade. – Até quando vai mentir sobre seus sentimentos?

De repente, sinto as mãos de Greg envolverem a minha cintura e, no segundo após esse gesto, estamos muito próximos. Escuto a sua respiração forte, imaginando o quanto nos distanciamos, mas as coisas começam gradualmente a fazer algum sentido; deixo minhas mãos encontrarem os seus ombros e, então, Greg me beija nos lábios.

Ah, Deus, perdi o controle da situação. Completamente.

Não consigo me afastar do seu beijo intenso e provocante, por mais que eu tente.

A língua dele caminha por toda minha boca e vai deixando marcas e rastros familiares, desses que a gente respira fundo e decide obviamente aproveitar a oportunidade.

– E então, amor – Greg se afasta um milímetro e sinto seu hálito suave –, você vai me fazer acreditar que não me deseja como antes?

Estou aqui, pedindo desculpas, dando o melhor que posso e te entregando a minha alma.

Não adianta, *eu amo esse homem!* E faria tudo por ele.

Essas deduções me deixam absolutamente pasma e incrédula, contudo digo a mim mesma – com muita confiança na minha resistência – que estamos apenas nos beijando.

Isso mesmo, e tudo não passará de um simples beijo.

Capítulo Três

ABRO LENTAMENTE OS OLHOS. FINALMENTE É DOMINGO!

As persianas do quarto estão semiabertas, embora tenha a impressão de que deixei bem fechadas. Por isso estou tão maravilhada com aquela iluminação natural. Podia até ficar ali quietinha, o dia inteiro, sentada na minha cama, admirando a maneira como a luz ofusca tudo; é interessante a quantidade de besteiras que a gente pensa ao acordar.

Jogo os cabelos assanhados para trás e, então, esboço um sorriso preguiçoso.

Estava *sonhando*.

Greg tinha vindo até o meu apartamento, pedido uma porção de desculpas bobas e nos beijamos profundamente. Até parece. Greg pedindo desculpas. Minha mão encontra o relógio que está sobre o console e olho uma distante camada de nuvens acinzentadas e densas que povoam o céu, pela abertura da janela.

Devagar, afasto o lençol para abandonar a cama, ainda um pouco sonolenta.

Espere um pouco. Mas... Por que estou nua? *O quê?*

Não tenho o hábito de dormir pelada, lembro.

O Sol incide sobre meus seios empinadinhos e, por um instante, fico orgulhosa da minha juventude. Enrolo a colcha em volta do corpo e coloco os pés no chão do quarto. Ai, está *muito* gelado. Claro que está. É início do inverno. E, quando chega o inverno na cidade, as pessoas começam a ficar mais em casa e comprar leite, chocolate, revistas e, ah, gastam dinheiro com um ou dois agasalhos de lã. Preciso de agasalhos lindos, mas obviamente não posso estourar ainda mais o meu limite do cartão de crédito.

Dou um suspiro triste e me arrasto para o banheiro. Quando me aproximo da porta entreaberta, escuto o barulhinho da água do chuveiro se chocando contra a cerâmica. E então, trêmula, congelo os passos. Ah, meu Deus, meu apartamento foi *invadido!*

Onde está o taco de beisebol ou o cabo de vassoura?

Olho para os lados apavorada e, sem dar o menor espaço para quem quer que seja me surpreender, deixo meu corpo escapulir para o chão e, quando me sinto confortável, rastejo feito uma jararaca para baixo da cama.

Alguém fecha o chuveiro e começa a andar dentro do banheiro. Pensando bem, o meu coração parou de bater ou coisa parecida. Prendo a respiração, encolho as pernas e, como último ajuste de salvação, fecho bem a boca para não gritar. Silêncio.

E então vejo as pernas peludas e quase desmaio de horror.

O invasor deixa cair a toalha muito pertinho de mim e pega uma cueca branca que está jogada no chão. Não acredito no que os meus olhos veem – ele usou a minha *toalha da sorte* e depois jogou no chão! Sinto-me ligeiramente ofendida e desafiada.

Quanta cara de pau! Vou chamar a polícia. Não, preciso chamar a CIA.

Melhor ainda, quero chamar o Bope.

– Darla, amor, onde você está?

Ele sabe o meu nome! Ah, Deus, estou perdida. Será que é alguém que conheço?

Au-Au começa a latir da cozinha. Eu respiro um pouquinho mais aliviada, porque Au-Au é uma ótima protetora. Posso contar até cinco, antes que ela encontre o invasor e morda o seu traseiro. Pega ele, Au--Au, pega.

– Darla, o que é que você está fazendo enfiada embaixo da cama?

Greg está de cócoras, olhando para mim com aquela expressão atordoada. Ele está todo molhado, com cabelos espetados e usando uma linda cueca branca.

Eu não estava sonhando com ele! Então começo a compreender tudo.

– Saia daí, vamos – ele diz, estendendo a mão.

Saio rastejando devagarzinho.

– Sou sonâmbula, esqueceu? – digo, sem pensar em qualquer desculpa para estar deitada embaixo da própria cama. Ah, não! Porque não disse que tinha deixado cair uma moeda de R$ 0,25? E eu estava precisando muito dela para garantir o novo investimento financeiro de sucesso.

– E desde quando você é sonâmbula?

– Descobri no comecinho da semana – digo, com um risinho sem graça. – Não vai acreditar, mas ontem mesmo acho que fiz até comida dormindo. E ficou *dos deuses*.

Greg dá uma risadinha. Estou chocada com o meu cinismo. Eu dormi com o cara que me disse coisas horríveis e simplesmente foi embora. E, agora, ele está aqui, agindo como se nada tivesse acontecido.

– Tudo bem – Greg diz, ajeitando os penduricalhos da cueca –, que tal tomarmos café?

– Você precisa ir embora.

– Como é? – e olha para mim, confuso. – Como pode se desfazer de uma pessoa, ainda mais após uma noite impressionante? Não sou uma mala barata, velha e encardida que você pode utilizar e depois jogar no lixo, sabia?

Mande-o embora, enquanto ainda é tempo.

Penso na noite anterior e minhas dúvidas se desesperam.

– Vista o restante da sua roupa e vá embora, Greg.

– Essa atitude é simplesmente... inacreditável! Nunca sabe o que quer e as pessoas nunca sabem exatamente o que esperar de você.

– É sério – abro a porta do quarto e olho para Greg, certa do que estou fazendo. – Eu posso ter dormido com você, ter dado a impressão de que acreditei nas palavras que me disse, quando apareceu meio que de repente, mas isso não significa que estou pronta para aceitá-lo.

– *Mas está chovendo!* – ele diz, olhando pela janela.

A chuva que cai lá fora começa a engrossar a olhos vistos. Posso ver a enxurrada de água que escorre pelo vidro fechado da janela; o som das gotas batendo no telhado e nas paredes me deixa tão sossegada... A minha rua está completamente lavada e os carros que estão cuidadosamente estacionados à frente das casas transpiram. Merda, não posso mandá-lo embora com essa chuvarada toda. Aperto o lençol contra o corpo nu, e sinto o olhar de Greg vidrado sobre o pouco pudor que ainda me resta.

– Você pode ficar aqui até a chuva afinar. Depois disso, quero que saia.

– Eu achava que tínhamos nos entendido – Greg fecha o zíper da calça e segura a camisa. – Você parecia tão decidida... pensei que já poderia voltar.

– Não, não pode. Pensou errado – digo, franzindo o cenho. – Greg, tudo o que eu mais queria, quando você resolveu me aceitar como a pessoa sem a qual não conseguiria viver, era receber um pouco mais de cuidado e carinho. Eu estava cheia de dúvidas, com o coração partido e, por isso, encontrei em você a tranquilidade de que precisava.

– Mas eu ainda estou aqui... e sou o mesmo Greg de antes.

– Acredite, no começo tudo foi incrível – lembro, com os olhos cheios de lágrimas – e você ter aceitado morar aqui foi, *puxa*, um grande alívio. Você acalmou uma parte de mim que, antes de tudo se tornar realidade, se sentia muito solitária e boba. Falamos por horas e horas sobre o que queríamos a partir dali, eu disse que precisava sentir o seu amor de uma forma verdadeira e, sem demonstrar incertezas, você deixou de ser o Greg que não acreditava em relacionamentos e passou a ser o homem com quem valia muito a pena fazer planos... por mais imperfeitos e mal planejados que eles fossem.

– Não tive medo de encarar o nosso relacionamento – ele diz –, pelo contrário. Nada daquelas verdades me fizeram deixar de amar você.

Deixo as lágrimas rolarem pelo rosto e, por mais que eu estivesse cheia de puras e perfeitas lembranças do Greg daquela época, uma parte de mim estava cheia de certezas de que eu estaria bem melhor sem ele. Por mais que doa por dentro mandá-lo embora – e vou fazer isso apesar das consequências irreparáveis que esse ato vai me causar –, admito que é doloroso ter que se despedir do amor que transformou você em alguém que nunca mais poderá ser a mesma de antes.

– Enquanto estava vivendo como se tudo estivesse perfeito o bastante – continuo, olhando diretamente nos olhos dele –, você começou a mudar. Não importava quantos e quantos dias nós tentássemos nos entender sobre alguns deslizes, não estava dando certo o fato de que estava tentando carregar tudo o que vivíamos sozinha. Você se distanciou muito, trazendo ainda mais e mais desgosto e desgaste... até resolver finalmente desistir.

Ele está branco como a neve, do outro lado do quarto.

– Darla, por favor, vamos conversar sobre isso – Greg começa a abotoar a camisa. – Existe alguma coisa que eu possa fazer para reparar o meu erro?

Olho para o chão, evitando demonstrar minha fragilidade.

– Nunca existiu respeito entre nós, Greg – digo, de uma vez só, e minha garganta se fecha. – Quer dizer, você ignorou o que construímos... e eu nunca entendi o *porquê*, nunca entendi como nos deixamos chegar a esse ponto.

– E o que aconteceu na noite passada?

– Foi um momento de fraqueza – respondo. – Havia prometido a mim mesma que nunca mais seria desmerecida dessa maneira, mas ao abrir aquela porta e te ver parado, como antigamente, admito que fiquei incerta das minhas primeiras decisões.

– A gente não consegue evitar essas coisas, Darla. Não adianta ficar tentando ser a mulher forte, determinada e que pensa que consegue ter controle sobre si mesma.

Ergo a cabeça, ofuscada pela palavra que atinge a minha mente. *Mulher.*

– Você está gostando de outra mulher, não está? Por isso foi embora?

Um silêncio gelado cai sobre nós e Greg continua me encarado fixamente, com os lábios trêmulos e as mãos nervosas. Fico parada e mal consigo respirar.

Nenhum de nós arrisca dizer uma só palavra, até que...

– *Aconteceu* – ele diz, sentando-se na cama e colocando as mãos na cabeça. – Foi só uma vez. Ou algumas vezes, não lembro. Darla, eu estava bêbado e não pude evitar.

Fecho os olhos e, devagar, deixo escapar a respiração. O meu mundo cai e minhas costas tocam a parede, sem que sinta o frio do concreto.

Mal posso acreditar no que acabo de ouvir.

– Percebi o erro a tempo, eu descobri que posso consertar tudo, e então voltei para você – e a sua desculpa encontra meus ouvidos. – Por favor, diga que isso não vai abalar o que sentimos, porque vai me matar por dentro.

– Acabou, Greg. Simplesmente acabou.

– Escuta – ele vem até mim e, no reflexo, me deixo afastar para trás até me sentir a mulher mais encurralada do mundo –, eu errei e estou disposto reparar todos os erros até você novamente acreditar em mim.

– Por que saiu de casa? – pergunto, chocada.

Greg não responde, a princípio, deixando-me ainda mais nervosa e irritada.

– *Responda, Greg!* Por que você saiu de casa?

Ele não consegue mais me encarar e, dessa vez, é ele que recua para trás até sentar de vez na cama.

– Não tive escolhas. Ela está grávida de um filho meu.

A única atitude que me passa pela cabeça é segurar bem firme o jarro de porcelana que está ao meu lado e, sem pensar no que pode acarretar, arremessá-lo contra o Greg.

E torcer para acertá-lo bem *naquele* lugar.

Ah, meu Deus, eu fui traída!

Quando a realidade cai sobre mim, entendo o quanto as coisas saíram do controle e começo a lamentar profundamente todas as verdades que acabo de assimilar dentro da minha cabeça atordoada.

Lamento Greg ter encontrado outra mulher. Lamento ele ter se deixado levar pela teatralidade de outra mulher. Lamento outra mulher ter encantado Greg. E lamento ela ter engravidado dele. Mas que safada!

Claro que entendo as razões dela, afinal de contas ele é muito atraente, tem dinheiro e bom gosto para assuntos de moda.

Ah, e Greg sabe muito agradar uma mulher.

Sinto vontade de chorar e aperto no coração, quando compreendo que Greg agora dormirá na cama de outra. Tudo bem, não quero lamentar pelas coisas ruins.

Não quero ficar apavorada com a ideia.

A chuva afina, permitindo que me desfaça dos cacos da jarra sem ficar molhada. No muro, olho as roupas de trabalho penduradas no varal, que ondulam com a passagem do vento, e começo a odiar o domingo. Justo eu, que declaradamente adoro o domingo, porque é calmo. Posso dormir até mais tarde, sem ficar seriamente preocupada em pular da cama bem cedinho, com a dúvida da combinação do uniforme (abomino até a última geração), com escolha dos sapatos e com longos minutos caminhando até o trabalho.

Em vez disso, uso os meus domingos para babar o travesseiro, pensar na morte da bezerra, frequentar a missa (não pense que sou uma desalmada) e, no começo da noite, alongar os músculos no parquinho do bairro.

Entro na cozinha e fecho a porta. Está frio. Au-Au está lindinha dormindo dentro da caixinha improvisada que usa como um abrigo. De todo modo, fico só um pouquinho orgulhosa da minha criação. Encontrei a caixa abandonada na porta de saída da Barnei, na segunda-feira. Minha mente se iluminou com a ideia de transformá-la numa casinha de cachorro e, depois de pronta, ficou tão linda que Au-Au nem me deu mais atenção.

Deus, como amo Au-Au, nem sei o que seria da minha vida sem ela – ainda mais agora, ela será a minha eterna e única companheira.

Juntas, vamos vencer a saudade de Greg... aquele homem *ordinário*!

Tentando esquecê-lo, ligo a TV e meus olhos são capturados por um comercial de queijo parmesão. Minha boca saliva, meus olhos saltam das órbitas e minha barriga dá uma dupla piruuta. Desejo um prato enorme de queijo parmesão recheado com granola, molho de tomate e coentro triturado. Onde está o gênio da lâmpada, sempre que preciso dele? Estou desfalecida de fome.

Sinto a chegada da morte a qualquer instante.

De qualquer maneira, não adianta aguardar o prato de comida surgir como encanto diante de você. Se quiser mesmo matar a fome, faça você mesma sua própria comida ou tome uma atitude dramática. Mamãe sempre diz que foi isso que motivou Madre Teresa de Calcutá, Mandela, Imperador Ching Ling – bem, honestamente não lembro se é esse o nome –, quando eles estavam preocupados com o contexto da fome mundial. Certa de que um pouco de coragem é mesmo necessário, desligo a TV e vou para o quarto.

Examino as minhas opções para uma tarde fria, evidentemente calculando a minha certeza. Calça jeans tipo moletom, luvas de veludo, gorros de lã, cachecol indiano, botas (ah, não tenho botas. Mas por que diabos eu não tenho botas?).

E, em seguida, sigo pela minha peregrinação em busca de comida. Poucas pessoas e veículos trafegam pelas ruas molhadas, mas, mesmo assim, consigo encontrar um pouco mais de vida, apesar do cinza e das nuvens densas e pesadas que atravessam o céu. Pelas minhas contas, acredito que hoje será um dia chuvoso e isso me anima um pouco. Subo na calçada, tentando evitar um baita escorregão e a lama que está escorrendo pelo meio-fio. Do outro lado, na outra calçada, quase chegando à esquina, vejo algumas crianças e cachorros encoleirados correndo em direção à liberdade que emana da praça da catedral.

– Olá! – digo, quando entro na padaria da esquina. – Será que temos aquele musse delicioso de maracujá polvilhado com chocolate?

– Não – diz Amélia, a senhora rechonchuda que geralmente fica atrás do balcão –, mas temos coisa melhor para você, que é uma das nossas melhores clientes.

Abro um sorriso simpático e com ar de grande importância. O meu ego se ilumina com o elogio de Amélia. Inclino o corpo para olhar a vitrine das guloseimas e os preços dos doces parecem bem razoáveis.

Ah, Deus, por que tudo aqui tem que ser tão barato e atraente?

Tenho certeza de que cabem no meu orçamento e, de qualquer maneira, esta noite preciso me empanturrar de doce, não preciso?

– Ótimo! O que você sugere?

– Uma gostosura, se quer saber... – Amélia afasta-se do balcão e caminha para um dos fundos soltos de plástico. – Olha só, *fondant* de nozes com cobertura de manga. É ou não é de dar água na boca, querida?

Fico maravilhada, enquanto olho incrédula para o docinho arredondado ocupando um saquinho artesanal lindíssimo. Amélia traz a bandeja cheia de *fondant* e, então, sinto que vou desmaiar. Os doces têm letrinhas de glacê branco! Penso automaticamente na ideia de escolher somente os doces que estão enfeitados com a letra D – de Darla – e, quem sabe até, ficar o resto do domingo pensando se engulo ou guardo de lembrança.

Eu os achei tão lindinhos, que dá até pena de comer.

– Eles têm um cheiro bem convidativo. Parecem maravilhosos.

– Quer experimentar um deles para ver se aprova?

O quê? Isso é o mesmo que perguntar se posso provar uma lingerie da *Victoria's Secret*, antes de oficialmente comprá-la. É como perguntar se posso provar um daqueles vestidos cobiçados da *Sândares* antes de debitá-lo no meu cartão de crédito – em suaves prestações. Fico incrivelmente emocionada com a pergunta de Amélia e seguro o *fondant* com os dedos trêmulos, ansiosa para conhecer o sabor. Parece que tudo para enquanto o doce percorre o pequeno caminho da mão até minha boca.

O céu fica claro como a turmalina, depois que as nuvens lentamente se afastam, as pessoas parecem admiradas e interessantes. E a vida nunca mais será a mesma.

Talvez esse momento acabe entrando para o *Guinness Book*. Puxa vida, já pensou a minha foto estampada no *Guinness*? Já posso até ouvir os principais jornais falando sobre a minha impressão sobre o *fondant*: "Desde que provou a iguaria pela primeira vez, uma jovem *expert* em doces está fazendo o maior sucesso dando entrevistas aos canais de TV e motivando as pessoas sobre como comer com mais responsabilidade. Dá para ver pelo *Prada* belíssimo e estonteante que está usando, que ela esbanja simpatia e bom gosto."

Não tive como segurar a risadinha inocente que escapou por entre os lábios.

– O que achou, querida?

Mal consigo ouvir a pergunta. Estou concentrada demais no que sinto, na maneira como o *fondant* caminha dentro da minha boca e na viscosidade da calda de manga. Abro os olhos, orgulhosa por fazer parte de um mundo onde existem coisas tão gostosas.

Depois de pegar uma caixa de *fondant* (com a promessa de que pagaria no final da semana, porque meu cofrinho de moedas havia simplesmente se perdido) e escolher um filme na locadora, sigo de cabeça erguida para o apartamento.

A rua começa a ficar iluminada, a Lua ameaça subir ao pedestal, janelas se abrem para receber lufadas de ar frio que inundam a noite e da boca das pessoas começa a sair aquela fumaça branca e espiral. Parece que estou vivendo dentro de um sonho francês e digno de ser perfeitamente retratado pelo Woody Allen.

Pensando melhor, ver *O Amor não Tira Férias* acabou não sendo uma boa ideia.

Os meus olhos estão murchos de lágrimas. E não paro de pensar em como o filme terminou e no quanto quis matar Jasper, por ter traído a Iris. Ah, amo de paixão a Katie Winslet – ela é tão linda, honesta e simpática! – e, no final, ele ainda ocultou seu casamento com outra mulher. Por que ninguém avisou que a nossa história de amor seria parecida? Senti-me na pele da Iris, identificada com o seu sofrimento e, depois de honestamente perceber que a realidade nem sempre caminha de mãos dadas com as expectativas sobre os bons homens, fiquei convencida de que a minha situação encontra-se no patamar do "amor não correspondido", como bem lembrou a Iris no comecinho no filme.

Eu poderia comparar o Greg ao Jasper e, mesmo assim, não restariam dúvidas a respeito das suas verdadeiras intenções. Eles são invariavelmente estúpidos, não podem ver um rabo de saia e, sem que precise evidenciar... ah, que diferença isso faz mesmo?

Enxugo as lágrimas acumuladas no cantinho dos olhos, mas ainda fico encarando a TV, enquanto os créditos sobem e somem. Essa música final é absurdamente linda! Eu consigo senti-la em todas as suas notas e impressões. Nossa, é mesmo tão perfeita que a minha sensibilidade fica em frangalhos. Céus, alguém precisa parar de ficar compondo a perfeição em formas de notas, enquanto algumas pessoas estão com o coração partido e precisando de um abraço.

Volto a chorar. Fungo, soluço, fungo novamente.

Mantenho toda a postura corporal para ver se controlo o choro, mas não adianta. As lágrimas escorrem como um turbilhão, como se tivesse aguardando o pontapé inicial para sair na forma de desespero.

Pego os últimos *fondants* que restam no prato, decidida a calar meu choro na marra.

Estou enjoada, talvez por causa do gosto da manga. Ah, Deus, devo ter engordado quase 30 quilos! O meu braço está rechonchudo, cheio de dobras, e minha barriga está parecendo tudo de ridículo que existe no mundo – menos a barriga de alguém com 29 anos. Não consigo mais suportar aquela vaca da Clarice olhando e rindo de mim, como se eu fosse um ET de Varginha ou coisa muito parecida.

Mal posso esconder a falta de concentração para trabalhar e, enfim, vou encenar uma nova crise de pânico – li algo sobre um tal de Burnout, que tem a ver com emprego – e ganhar uns dias de atestado médico.

Vai dar tudo certo, tenho certeza. Concentre-se, prenda a respiração até ficar roxa, feche os olhos, respingue um pouco de água gelada no rosto.

Prontinho, agora você pode ter uma crise perfeitamente convincente e enganar Deus e o mundo.

Capítulo Quatro

OLHO O MEU REFLEXO DESCABELADO NO ESPELHO. É MANHÃ.

Sinto-me cada vez mais nostálgica à medida que penteio os cabelos – ah, acho que o efeito da chapinha já está passando, droga. Está bem mais frio! Percebo os meus olhos ainda inchados e, de repente, imagino que isso será um motivo de chacota para Clarice, que adora sorrir da minha condição. Abro o estojo de maquiagem e examino com muito cuidado a melhor opção do dia para combinar com a calça cáqui e o blazer branco.

Nos primeiros dias na loja, achava o máximo sair vestida assim, como a executiva de sucesso que observa despreocupada a vida passar, mas atualmente os meus humores têm variado conforme a minha principal impressão vai gradualmente se distanciando até chegar – e não vai demorar – a uma nítida e verdadeira ideia de alguém que observa a vida passar... aos gritos, porque você se sente uma velha enrugada.

A Hellen Mirren que me perdoe, mas é a pura verdade.

O meu dia não será produtivo e ótimo. Por que tenho que ficar pensando nisso?

Os programas de autoajuda da Berckley (amo com todas as minhas forças!) ensina que mulheres devem encarar a idade, principalmente depois dos 20, como incentivo para a plenitude da beleza e experiência. Eu deveria ter isso em mente, mas olhar para aquelas mulheres esbeltas, de sorriso branco e magras – ah, Deus, como são fininhas – é um tremendo erro de marketing.

Ainda bem que pensar na ruiva que parece palito de picolé me diverte horrores.

Olho interessada para o estojo e analiso o pó de cor azul. Não! Ficarei parecendo a personagem dos Smurfs, Deus me livre! Mas ela é tão bonitinha e encantadora, que não é justo associá-la a mim, que sou gorducha, endividada e solteirona (vocês já conhecem meu histórico, não é?). Adoro o preto! Melhor não. Eu andaria por aí exatamente como a Mortícia Addams, fora de moda, embalsamada e a ponto de ter um ataque dos nervos.

No fim das contas, o bege discreto acaba caindo como uma luva e sinto pontadas de orgulho pela minha preferência. Olho de esguelha para o relógio que encima a porta do quarto e quase desmaio. Estou muito atrasada! Após fazer os últimos retoques, deixo o apartamento e corro desenfreada para a parada de ônibus, que fica pertinho da padaria. Quando chego, as pessoas que aguardam olham para mim e, como recurso para evitar os olhares, finjo procurar o bilhete da passagem na bolsa.

Pelo amor de Deus, quanta demora!

A espera pelo ônibus me deixa toda atrapalhada e me faz pensar no quanto odeio cidades grandes. As pessoas vivem sempre apressadas e raramente entendem por que se atrasam tanto. De repente, logo que amanhece, todos saem de suas casas e se encontram no mesmo lugar. É a mesma coisa que morar em Londres, cujo inverno é rigorosíssimo e os outonos são bem curtos, ou viver num luxuoso puxadinho de Manhattan, onde cada metro quadrado do caminho para o trabalho é cultuado intelectualmente por empresários e celebridades.

Analiso a mulher que está ao meu lado, segurando um bebê, e percebo que ele está olhando para mim, dando sorrisinhos abertos.

– Acho que o pequeno Vinny gostou muito de você – diz a mãe, toda animada.

Estou emocionada por isso. Uma criança me adora! Bem, acho que o meu dia não será tão ruim assim.

– Ele é tão lindinho, que dá vontade de morder! – seguro a mãozinha que balança do Vinny e ele sorri ainda mais com o meu gesto. – Oi! Você gosta disso, gosta?

Vinny abre os olhos miúdos e carismáticos. Penso que decididamente poderia ser uma boa mãe e, mesmo assim, a ideia me deixa muito angustiada. Li a matéria *Mulheres seguras a um passo da maternidade*, publicada na semana retrasada, e concluí que estou enquadrada no patamar das mulheres que são um *terrível desastre em educar os filhos*.

Tive palpitações nervosas durante dias seguidos.

Bem, ainda é possível aprender a ser a mãe dedicada e cuidadosa, não é?

Não deve ser coisa de outro mundo.

É só seguir as regras do manual de como ser uma mãe exemplar.

– Ele é tão fechado que geralmente estranho quando sorri para alguém – a mãe diz um pouco orgulhosa por o filho ser sociável. – Ontem mesmo, você não acredita o que o Vinny aprontou com uma senhora super-simpática que me pedia uma informação.

– Nossa, o que ele fez?

– A coitadinha estava atarantada, procurando um hotelzinho para se hospedar com o marido, quando Vinny bateu com a mão em seu rosto e lhe quebrou os óculos.

– Vinny mau – sorri para ele. Vinny brincava com os cachinhos de cabelo da mãe e pronunciava aqueles gritinhos primitivos que ninguém compreende.

– Fiquei muito envergonhada e lhe pedi milhões de desculpas – diz, incrédula. – O que ela deve ter pensado? Que provavelmente não tenho pulso com o meu próprio filho.

– Que constrangedor. Eu, em seu lugar, teria saído correndo.

– Tinha que ter certeza de que ela estava bem... – ela fez um trejeito com a boca. – Tudo bem, admito que fiquei para ter certeza de que ela não diria nenhum palavrão.

– E os óculos? – pergunto, curiosa.

– Ela pegou do chão e voltou a usá-los. Disse que tinha óculos reservas. Claro que não acreditei, mas o que eu podia fazer? Comprar óculos novos? Tem essa coisa toda de oculista, grau e armação, e daria o maior trabalho.

Aceno com a cabeça, tentando ocultar a minha decisão que seria, na verdade, apenas pegar os óculos da calçada, dar uma assopradinha nas lentes e devolver para a dona. Não queria ter óculos pesando no meu orçamento. Se ao menos fosse um *Vogue* ou coisa do tipo, poderíamos ter facilmente nos entendido e acho que até compraríamos juntas nossos óculos *Vogue*.

Da minha parte, é claro, caberia apenas o tapinha nos ombros, que serviria como incentivo. Até parece. Eu comprando dois óculos *Vogue*, se mal posso pagar por um.

Graças a Deus o ônibus acaba de apontar na esquina. Abro um descomunal sorriso de triunfo, que rapidamente desaparece quando tomo consciência da realidade. Ah, meu Deus, está... *lotado!* Meus ombros caem à medida que o ônibus estaciona no meio-fio e, correndo desesperadas, as pessoas começam a entrar e se espremer no interior.

Ótimo, era exatamente tudo de que precisava para animar meu dia.

Sigo os últimos passageiros, entrego a passagem e fico encolhida no canto.

O ônibus começa a se movimentar lentamente até voltar a sua velocidade normal. Estou tão apertada que mal consigo respirar. Céus, onde está o frio?

O contato entre as pessoas provoca um calor insuportável dentro do ônibus e, sem que eu perceba, alguém passa a mão no meu bumbum.

Que falta de respeito! Sinto-me ofendida com esse abuso.

Olho para os lados e identifico os possíveis alvos – a mulher que parece o Homer Simpson, o adolescente com cabelo moicano e dezenas de outros passageiros. Nenhum deles parece notar a minha presença. Eu sou apenas uma figura qualquer espremida num ônibus lento e rotineiro.

Desisto da minha desconfiança e, além do mais, vai ver que foi engano.

Nesse aperto, é possível que alguém, sem a menor intenção possível, passe a mão no bumbum de outro, não é?

Entro na loja onde trabalho com um pouco mais de dez minutos de atraso e vejo que há uma pequena fila de pessoas aguardando por atendimento se formando perto do balcão. Estou *mesmo* encrencada... Terrivelmente encrencada! Às vezes me esqueço de que na semana que antecede o Natal recebemos mais encomendas e consumidores do que o habitual. As lojas enchem as vitrines com presentes elegantes e que fazem a alegria dos clientes do tipo "ávidos por novidades". No Natal, nossos olhos são ofuscados por mais e mais comerciais, encartes promocionais e ofertas imperdíveis.

Não é somente observar como tudo se torna significativo na vida das pessoas.

É muito mais do que isso. As ruas ficam abarrotadas e brilhantes.

Na área de cosméticos, é tudo mais interessante, porém tem um pequeno problema (pelo menos para mim). É impossível controlar a concentração e a ansiedade no balcão de atendimento, com as clientes falando eufóricas sobre um cachecol de veludo exposto, sapatos luxuosos e, para piorar tudo de vez, queima de estoque de Natal.

– *Pelo amor de Deus, Darla, onde você estava?* – Clarice grita do balcão, olhando para mim com indiferença.

Meleca. Alguém tinha que notar o meu atraso.

– O trânsito estava lento e a condução teve problemas por causa da superlotação.

Clarice continua o trabalho com o empacotamento das compras, sem demonstrar o menor interesse no que acabo de dizer. Francamente. Quem usa o termo *condução*, hoje em dia? É o mesmo que dizer que fui para o trabalho de *bondinho*.

– Desculpa, de verdade – digo, tentando parecer digna. – Foi o trânsito.

– Explique-se ao gerente, porque ele já andou perguntando por você três vezes – e quando ela diz isso, percebo desdém e torcida para que eu seja agredida e apedrejada em praça pública. – Agora, vá fazer anotações do estoque para a nova reposição.

Pego a prancheta com a caneta presa por um fio de cobre e sigo para a reservada área dos cosméticos. Minha cabeça dói somente de pensar no que o gerente pode dizer em suas últimas palavras, antes de fechar o meu túmulo com cimento.

Controle-se, Darla, pare de ser tão dramática.

Não há razões para temer um atraso de dez minutos. Ou existem razões? Ninguém pode levar em consideração um dia de atraso, pode? Senhor Rui é um desses gerentes de loja que leva tudo muito a sério. Na verdade, acho ele barra pesada. Procuro examinar o estoque para comparar com os valores digitados na planilha. É tudo tão cansativo que, o melhor que consigo fazer, é bater com a caneta na prancheta.

Às vezes, faço isso por horas até alguém perceber que estou enrolando.

Odeio ficar marcando esse X nos quadradinhos e, enquanto fico distraída com os sonhos de consumo, a minha imaginação trabalha com mais liberdade.

– Eu consideraria a possibilidade de presenteá-la com um Renew – uma moça bem vestida e penteada surge, acompanhada de um homem atraente. – A mamãe adora dar às pessoas a ideia de que ainda é muito jovem.

Dou uma risadinha sarcástica. Por um instante, achei que eles estivessem falando da minha mãe. Mamãe é meio extravagante, e dificilmente entra ou sai da igreja sem ser percebida por dezenas de olhos horrorizados. Papai sofre muito para controlá-la, mas eu acredito que ela é mesmo um caso perdido.

– Acho que nem um Renew consegue esconder todas aquelas rugas.

Os dois começam a rir, enquanto se aproximam devagar das seções de cosméticos. *Puxa vida*, que tipo de filho ri da própria mãe? Tenho vontade de perguntar onde está o respeito, a moral e bons costumes, contudo julgo adequado ficar quieta e voltar ao meu trabalho entediante de marcar o X.

– Qual dessas opções você acha que devemos escolher? – pergunta a moça, com a expressão notavelmente indecisa.

– Ah, sei lá! Qualquer um. Que diferença isso faz?

– É um presente de Natal!

– Vamos levar *o mais barato*, então – ele diz, na maior cara dura.

– Vamos levar o que ofereça *melhor resultado*, afinal de contas não queremos ver a mamãe gritando feito louca o Natal inteiro. Seria o maior tédio.

Garotinha inteligente e bem decidida, penso orgulhosa. Ponto para nós. É um mal dos homens querer impressionar as mulheres com quinquilharias e, de quebra, dizer uns versinhos decorados para que não percebamos a realidade do presente. Greg pensou em fazer isso, uma vez, mas acabou não dando certo, porque reconheci o colar que ele dizia ser dos mais sofisticados e fabricados no nordeste francês como uma réplica barata que custava apenas R$ 7,99. E os diamantes nem brilhavam, sabia?

O irmão ri e encara os produtos *Renew* que estão empilhados sobre o mostruário.

– Duvido que você entenda da qualidade de um Renew.

Ela desvia os olhos, envergonhada. Merda! Ponto para eles. No mundo moderno, é inconcebível uma mulher desconhecer efeitos milagrosos de um *Renew*, seja ele qual for. Em que mundo estamos? Deus, qual deve ser o QI dessa moça?

Deve ser o QI de um pato ou coisa muito pior.

– Oi! Posso ajudá-los? – digo, com um sorriso agradável e amável no rosto.

– Finalmente alguém *inteligente* para esclarecer sobre a questão do *Renew*.

Ponto para eles novamente. Sinto a minha autoestima ficar confiante e valorizada.

– Vi que estavam em dúvida sobre qual marca do *Renew* é mais vantajosa.

– Há quanto tempo trabalha aqui?... – ele crava os olhos no crachá que preenche o bolso do blazer para ver o meu nome. – Darla, não é?

Boa tentativa de descobrir o meu nome.

– Quase quatro anos – respondo e aceno, indiferente à importância da pergunta.

– Então, você é a pessoa que procuramos para nos orientar!

– Estou aqui para isso, senhor – digo, cada minuto mais gostando daquele homem. É simpático, identifica e reconhece o meu potencial e me olha com algum interesse.

Ah, meu Deus, será que ele quer me convidar para sair?

Acho até que tirei a sorte grande.

– Escute bem – ele diz, com sorrisinho de deus grego. – Qual deles você acha que é o melhor para presentear a nossa mãe?

Avalio os produtos rejuvenescedores no mostruário e, rapidamente, penso em todo o discurso da satisfação do cliente que o senhor Rui tanto repete nas reuniões.

– Para uma mulher linda que deve ser a sua mãe – digo, apontando um *Renew* que está à esquerda e eles se entreolham, segurando a barriga –, bem... sugiro este aqui.

– Você não conhece a mamãe – ela diz, ainda dando risadas. – Ela é uma *bruaca*.

Bruaca? Vasculho o meu dicionário mental à procura daquela palavra, mas ambos interrompem o raciocínio quando me puxam pelo braço mais para o fundo da loja.

– É possível encontrar também uma loção tônica regeneradora para homens? – ele pergunta, com as mãos esquentando a minha. Estou ligeiramente trêmula e sem respirar.

– Que pena! Estamos em falta – digo, frustrada. – O próximo carregamento chega somente na próxima sexta-feira. Sinto muito.

– Então, por que não me dá o seu telefone? Ligo para saber.

Sinto que vou desmaiar de emoção, mas não sem antes escrever o meu número e entregá-lo em vida. Ele recolhe o pedaço de papel, dobra-o e guarda no bolso do suéter. *Ele vai me convidar para jantar.* Adeus, amor platônico pelo Greg! Pensou que fosse ficar para a titia, não foi? *Hahahaha*, ainda não será dessa vez.

Acho que devo usar vestido azul-marinho, apertado na cintura e com acabamento de fita, e os sapatos *Fornarina* novos, com uma cor preto brilhante. Devo, também, fazer um coque alto, preso por uma presilha dourada e com pedras de brilhantes incrustadas.

Fico até sem ar só de pensar em que restaurante ele me levará. Com certeza, com o porte estilo galês elegante dele, chegaremos à frente de um restaurante refinado, cheio de guirlandas coloridas, música e pessoas vestidas de modo chique, e um *maître* bastante educado e gentil indicará uma solitária mesa na varanda, iluminada e com vista para as luzes cintilantes e distantes da cidade. Seria tão romântico.

– Cuidado com números de mulheres, Tuca – ela diz, dando uma cotovelada nas costas do meu pretendente. – Ou alguém bastante ciumento pode implicar.

O quê? Sinto que as minhas aspirações de amor estão prestes a desmoronar.

– *Qual é!* O Léo parou de ficar criando problemas por causa disso.

Acho que estou sinceramente pisando em terreno de cobras. Literalmente.

– Ah, então você é gay? – pergunto, toda sem graça pela mancada de idealizar um jantar completo com cama, mesa e banho.

– Claro que sim, *meu bem*! – responde, ignorando o meu espanto.

Deus só pode estar de brincadeira comigo. Não existe outra explicação lógica para tudo de errado que está acontecendo.

Alguém pode parar o mundo que eu quero descer! Não, quero pular. Pensando melhor, quero me jogar de cabeça e tudo. Que maravilha! Lá se vai mais uma chance de mostrar para Vicky e Cristina que acabo de encontrar o pretendente certo. Sem precisar recorrer a simpatias desesperadas para encontrar o homem perfeito em dois dias.

Ergo a cabeça para esconder a frustração e ofereço o melhor sorriso de vendedora.

Nem o queria mesmo.

Desisto de fazer alguma coisa dar certo na minha vida. Pelo menos por hoje.

Por mais que Júpiter se alinhe misticamente a Urano ou Plutão, não adianta – tudo continua a dar terrivelmente errado. Enquanto engulo a alface do almoço, medito sobre a série de acontecimentos desastrosos à que minha vida se expôs.

Alguém empurra a porta de vez.

– Darla, preciso que venha à minha sala – senhor Rui diz, com uma voz intrigante. – Agora.

Pronto, para completar tudo só falta eu menstruar e manchar minha calça cáqui e ser obrigada a desfilar na frente de todos da loja.

Largo a alface, acelga e rosbife e sigo cambaleando para a sala do gerente.

– Senhor? – eu digo, no limiar da porta. Ele estava sentado, recolhendo uns papéis que havia acabado de assinar.

– Entre e sente-se, Darla.

A sala está fria e, a depender da conversa, já posso virar uma galinha empalhada ali mesmo. Sento na cadeira à frente dele, evitando olhá-lo diretamente nos olhos.

Puxa vida, por que fui me atrasar?

– Estive examinando a sua prancheta de vendas, Darla.

Ah, Jesus Cristo, será que ele percebeu o deslize com os dois cremes desviados do estoque? Foi para caridade! Juro. Eu meio que fiquei com pena da Márcia – uma amiga de uma amiga minha, que estava com a suspeita de princípio de vitiligo.

Coitadinha, nunca arranjou um namorado. Foi por uma boa causa.

– E percebi que chegou dez minutos atrasada. É a primeira semana antes do Natal e pequenos atrasos são mesmo intoleráveis. Lembra o que isso significa?

– Surgimento de filas, atraso no atendimento, insatisfação de clientes em potencial e, por conta disso, mudança da preferência da marca – repito tudo direitinho.

– Isso mesmo – ele diz, ajeitando os bigodes e me encarando seriamente.

– Mas, eu posso explicar...

– Honestamente, não a chamei aqui por conta do seu atraso de dez minutos, Darla, mas por outro assunto mais urgente. Eu compreendo que pequenos atrasos acontecem.

Respirei aliviada, mas... Merda, os dois cremes desviados!

– Eu posso explicar os cremes que *peguei* no estoque!

Rui interrompe a conversa e volta a me encarar, bem mais sério do que antes. Ele fica calado, enquanto procuro as palavras para falar sobre Márcia. Tenho certeza de que já está pensando em descontar o valor dos cremes no meu salário.

Faço os cálculos – dois cremes para pele moreno-jambo custam R$ 400,00.

Não é muito razoável, para ser realista.

Tudo bem, respire fundo, fique calma e diga a verdade. Talvez, ele seja flexível e até elogie a minha postura de pensar no próximo.

É um dos mandamentos da Bíblia, não é? Fazer caridade. O terceiro, penso.

– Você pegou sem permissão dois cremes do *nosso* estoque de Natal?

Afundo na cadeira. Minha mente maquina uma explicação convincente, contudo o medo do que pode acontecer me deixa tonta, travada e horrivelmente perplexa.

Porra. *Desmaie! Desmaie, sua estúpida!*

– Doação de Natal! Ah, Deus! – e tento parecer emocionada e, ao mesmo tempo, surpresa com a rapidez da desculpa – O pessoal da paróquia estava visitando o comércio e recolhendo doações. Eles fazem isso todos os anos, não fazem? Como eu poderia dizer um *não* para uma freira baixinha e educada?

– Você poderia ter entregado cremes promocionais. Teria beneficiado mais que os dois cremes caros do estoque.

– Fiquei tão emocionada de ver aquelas criancinhas sorridentes olhando para mim, que nem pensei direito – digo, toda animada. – O senhor teria feito o mesmo, não teria?

Rui acena, fazendo que sim com a cabeça. É oficial, agora eu vou para o inferno.

Perdi o lugar no céu e minha estrelinha na testa. Por que simplesmente não disse a verdade? Bom, não posso mais voltar atrás, posso?

– E onde eu estava?

Pense, pense, pense. Vamos. Não deve ser tão difícil.

– *Reunião!* – exclamo depressa. – Com empresários da matriz, para discutir novos designers dos produtos, lembra? Essa coisa de pesquisa de mercado local.

Estou impressionada com isso. Deus, poderia administrar um negócio!

– Ah, lembrei! – Rui diz, recostando-se na cadeira estofada. – Reunião difícil.

– São monótonas – digo, num tom amigável –, mas também são bem produtivas. Tantas mentes grandiosas e inteligentes reunidas, devem resultar em grandes ideias. Eu sempre admirei isso no senhor, essa grande vontade de crescer, essa garra indescritível, e encara tudo isso sem entrar em pânico.

Percebo o ego do senhor Rui se elevar a palmos de altura. A grande ideia de usar a psicologia reversa. Bingo!

– *Puxa vida*, é muito bom ouvir isso. Você pensa mesmo tudo isso sobre mim?

– Eu realmente penso que as pessoas deveriam se inspirar no que você construiu.

Ele abre um sorriso tão espetacular, que mal consegue se conter com o elogio.

– Bom, então estamos entendidos quanto aos dois cremes do estoque de Natal. Foi uma causa nobre e certamente você deve ter esquecido de anotar, com toda essa correria de final de ano – ele diz, procurando uns papéis e abrindo o imenso sorriso. – E, de todo modo, o que são dois cremes, não é?

– Verdade! – concordo, soltando a respiração. – Poderia ser nosso segredo.

– *Exatamente.*

– Legal – faço um sinal débil de "legal" com o dedo em riste e ele pisca para mim.

Tudo bem, chega de ficar bancando a espertinha.

– Como eu estava dizendo, estive verificando a eficiência de seus serviços como a nossa vendedora mais antiga – balanço a cabeça, orgulhosa pelo merecimento, mas sinto que estou um pouquinho nervosa. – Grandes números, Darla, estou impressionado. Fiz uma comparação e, conforme os cálculos, você foi a vendedora do mês. *Novamente.*

Era a *terceira vez* consecutiva que batia as metas de vendas de cosméticos.

Encaro a notícia de cabeça erguida, sorrindo, determinada a usar isso em benefício próprio – principalmente para demonstrar a minha superioridade sobre a Clarice.

Toma, sua vaca! Pensou que eu ia ser demitida por dez minutos de atraso?

– Levei seu caso à matriz – continua – e... bem, eles estão com planos de valorizar os funcionários que se destacam nas filiais, acreditando no prazer que é ter pessoas que vestem a camisa da empresa... sem exigir nada em troca. E, neste caso, estamos falando justamente de pessoas especiais como você.

Tomo um susto ao escutar esta declaração e, pensando melhor, acho que até fiquei zonza. A minha mente se ilumina com uma ideia repentina.

Vou ser promovida à *supervisora de vendas!*

Ah, meu Deus, eu sabia que meu esforço e simpatia logo seriam reconhecidos.

Preciso comemorar com champanhe, azeitonas de Damasco e grifes.

Muitas grifes, aliás. Meus olhos se enchem de lágrimas só de pensar no meu novo salário. Quanto deve ser? Quatro mil ou um pouco mais? Uau!

Posso quitar a minha fatura atrasada, restabelecer o limite do cartão de compras e, de quebra, voltar a ter crédito no mercado. E agora, Clarice, quem é que manda?

– Nossa! – digo, quase aos prantos. – Nem sei o que dizer!

– Você merece isso – ele pega o folheto ilustrado com imagens lindas de hotéis e coloca à minha frente. – A matriz está te dando uma viagem para o lugar de sua escolha. E por três dias. Passagens aéreas, hospedagem, alimentação, tudo será custeado por eles.

Uma viagem? E a promoção, com o salário de quatro mil e um pouquinho a mais?

Droga, lá se vão meus sonhos de voltar a comprar novamente.

Voltem, voltem! Pelo amor de Deus, voltem logo!

– E – continua, agora abrindo a gaveta para pegar um cartão brilhante e... com... meu... nome... inscrito –, para não deixá-la desprevenida em relação a outras atividades que realize enquanto estiver em viagem, tem esse cheque no valor de três mil reais. Para táxi, museus, comprinhas extras, essas coisas. Use como achar conveniente, na verdade.

Minha cabeça dá voltas. Sinto que vou desmaiar. *Três mil reais?* Seguro o cheque com dedos trêmulos e, quando sinto a leveza do papel, meu coração dispara velozmente.

Estou salva! Minhas dívidas com cartão de crédito já eram!

E ainda sobram um pouco mais de quatrocentos reais para gastar como quiser.

Por um momento, estou extasiada com a notícia.

– Darla! – abandono a minha nuvem de sonhos e volto à realidade da sala do meu gerente. – Já definiu o lugar? Preciso informar ainda hoje, para que seja providenciada a passagem aérea. Você embarca amanhã mesmo.

Mal posso acreditar que isso está acontecendo. Ainda mais hoje – que tudo estava dando errado. Examino o folheto ofegante e meus olhos se arregalam com as opções.

A intuição começa a trabalhar e avaliar a imagem dos hotéis.

Vamos, Darla, seja firme e inteligente.

1 – *Salvador*. Hotel Três Estrelas. Vista para o mar. Próximo de butiques, bares, boates e restaurantes (estou até trêmula. Acarajé, abará, colares de Oxum. Carnaval!).

2 – *Florianópolis*. Hotel Quatro Estrelas. Vista para o mar. Museus, restaurantes, caminhadas naturais, cerveja barata e lojas de grifes famosas (é simplesmente Floripa!).

3 – *Brasília*. Hotel Quatro Estrelas. Sem vista para o mar. Centros históricos, bares, museus, passeios aos palácios presidenciais, lojas e restaurantes (*Puxa vida*, será que eu vou conhecer a Dilma? Ninguém pode me impedir de exercer meus direitos políticos de conhecer uma celebridade).

Meu queixo ainda está caído. Eu não esperava por isso.

E agora, qual lugar escolho?

Lista de coisas para fazer antes do grande dia (viagem)

✓ Olhar a fatura atrasada para ter certeza do valor do débito (vai que me enganei e terei mais dinheiro para gastar na viagem. Sempre é bom conferir).

✓ Guardar o dinheiro da fatura (onde o colocarei? Ah, já sei!).

✓ Jantar com os meus pais e Andrea (não tenho dinheiro para levar um vinho).

✓ Ligar para Vicky/Cristina e contar a novidade (elas vão se morder de inveja!).

✓ Levar Au-Au para casa dos meus pais (Andréa detestou a ideia, porque Au-Au é impulsiva e late quando sente saudades. E Andrea não quer interromper seu sono de beleza).

✓ Ver o *site* do hotel (tem banheira de hidromassagem e servem comida light?).

✓ Arrumar a mala (ah, Deus, será suficiente para tudo o que pretendo levar?).

Lista do que posso comprar (possíveis preços. Pesquisei na internet)

✓ *Cappuccino* (média de um *cappuccino*/dia) = R$ 24,00

✓ Café com adoçante (média de um café/dia) = R$ 18,00

✓ Cinco lembrancinhas da *Tiffany & Co.* = R$ 60,00 (é falta de educação viajar e não ter a consideração de trazer algo do tipo "*andei em... e lembrei de você*")

✓ Um vestido *Carina Duek Aglaia* = R$ 319,90 (eu simplesmente preciso!)

✓ Uma canga *Bali Blue* = R$ 32,00 (é tão linda, que fica difícil não comprar)

✓ Kit com quatro esmaltes de verão *Mary Kay* = R$ 63,50

✓ *Lingerie* provocante = + ou – R$ 50,00 (vai que encontro algum pretendente)

✓ Uma tatuagem falsa para o bumbum = R$ 8,00 (eu não sou nenhuma piranha, mas quem sabe não funciona...)

✓ Jantar completo em algum restaurante chique = + ou – R$ 50,00

✓ Créditos para o celular = R$ 20,00

Total de possíveis gastos (para mais ou para menos): R$ 645,40

Máximo de gastos:

R$ 400,00. É bem mais do que disponho! Preciso riscar alguns itens. Estou realmente consciente do que preciso, então será fácil controlar.

Pelo menos, percebo que sou ótima com os números.

Posso facilmente ser contadora de uma grande empresa.

Capítulo Cinco

TENHO A IMPRESSÃO DE QUE PRECISO FAZER PLÁSTICAS!

A começar pelo antebraço, porque olha só essa coisa balançando enquanto aceno simpaticamente para as pessoas do aeroporto. Depois, retirar uns quilinhos aqui, outros acolá e prontinho – já posso me igualar às mulheres que estão desembarcando do avião agora. Sem nenhuma culpa, aliás. Ainda bem que o calmante ajudou a relaxar um pouco enquanto estava sobrevoando provavelmente o Pacífico ou o Atlântico – sei lá, tanto faz. Quem precisa ser mestre em geografia? Procurei fechar os olhos para dar aquela cochilada que elimina qualquer resquício de desgaste de uma longa viagem.

De qualquer maneira, meus principais esforços acabaram dando certo e aqui estou eu – Darla, em carne e osso, moderna, inteligente e admirável – pisando no cantinho mais reservado, hospitaleiro e badalado do país. Quer dizer, ainda não posso prever quais surpresas Florianópolis (Ah! Escolhi Floripa!) pode me reservar, mas tenho nítida esperança de que meus três dias serão regados de muitos passeios, pessoas interessantes e – claro que não poderiam faltar – de compras.

Muitas compras.

Puxa vida, estou admirada e extasiada com as pessoas caminhando ao meu lado.

Olha só as botinas daquela mulher, que está carregando a pequena bolsa de couro!

Ah, Deus, tenho certeza de que é uma *Victor Hugo legítima*!

Enquanto observo cuidadosamente todos caminhando, meus olhos se enchem com imagens de vários ângulos e tamanhos – lojinhas de conveniência com vitrine brilhante (acabo de ver enfeites coloridos para árvore de Natal e eles são muito atraentes. Preciso comprar alguns), as placas de neon que ficam piscando, boxes de vidro com refrigerante e, quase não acredito, uma pequena livraria sortida de títulos e revistas.

Nem sabia que existiam livrarias muito organizadinhas dentro dos aeroportos.

Livro. Livro. Livro.

Pensando bem, posso facilmente substituir os créditos do meu celular por um livro de cabeceira. E, também, quem precisa de créditos quando se está nesse lugar lindo?

Estou relaxada e decidida a visitar aquela livraria e, quem sabe, encontrar alguma relíquia, como um dos livros que mamãe lia para mim e Andrea quando éramos muito pequenas. *Ai, meu pé!* Alguém esbarrou em mim e nem pediu desculpas!

Sinto que vou começar a gritar a qualquer minuto.

Seja paciente e mantenha sua postura, Darla. Você está num aeroporto.

Penso nas regras de etiqueta e comportamento em lugares abertos e lotados e sinto uma fagulha de orgulho de mim mesma, por ter segurado o grito escandaloso no último segundo. Examino minha bolsa de viagem, que acaba de ser colocada de qualquer jeito pelo funcionário da companhia, e sou obrigada a sorrir gentilmente até o instante em que ele se afasta. E agora? Como é que eu vou carregar este peso sozinha?

Eu bem que podia ter pensado nisso antes, contudo não é possível pensar sempre em tudo. Estava empolgada, e isso não conta.

– Oi! – grito para outro funcionário baixinho que atravessava o corredor com uma maleta executiva na mão. – Pode me dar uma mãozinha? É só me ajudar a carregar até a livraria e, pronto, você se livra de mim.

– Não, senhora – ele diz com desinteresse e continua a andar. – Já estou ocupado com esta bagagem.

Senhora é a sua avó! Não acredito que ele chamou de bagagem *aquela* maletinha pequena e indiferente, que mal consegue ser percebida. Se bem que, olhando com mais perícia, parece ser bem vistosa, com zíper de segurança, rodinhas embutidas e o símbolo lindo da *Xerox* em alto-relevo.

Deve ter custado uma nota preta.

– Por favor – digo, tentando convencê-lo –, eu levo a maleta, enquanto você ajuda a carregar a minha bagagem. Veja, besteira! Nem é tão pesada... apenas grande demais.

Pela primeira vez, o funcionário baixa os olhos miúdos para o que inocentemente acabo de *chamar* de besteira e, em resposta, empina o nariz e volta a andar pelo saguão.

– Espere! – exclamo, ofegante e derrotada. – Posso pagar pelo serviço!

Ele imediatamente dá meia-volta e se vira para mim.

Maravilha!

É só pensar como uma pessoa que vive metida nos negócios e respira capitalismo.

Pensando melhor, acho que vou negociar o preço, caso ele queira me extorquir até o último centavo.

– Acabo de perceber que não será problema ajudá-la com a sua bagagem – ele diz, com um sorriso ganancioso no rosto.

– Perfeito! É só carregar até a livraria. Quando você cobra?

– Escuta, dona, não é um valor oficial da tabela tarifária. É um trabalho que estou fazendo por fora – conta, sem deixar de avaliar a mala enorme e quadrada. – E como a senhora está sendo muito gentil, podemos acertar... ér... em R$ 30,00?

– O quê? – grito, espantada. Por um momento, percebo que vou ter uma parada cardíaca. – *Isso é um absurdo!* O senhor sabia que isso é configurado como quebra do código do consumidor?

– Desculpe, dona, mas não cobro menos do que 30 pilas.

Trinta o quê? Será que ele faz ideia do que posso comprar com 30 pilas ou seja lá o que significa? Estou obviamente chocada e confesso que não esperava por isso.

Se ele pensa que vai ganhar a causa, está enganado, redondamente enganado.

– Vou agora mesmo prestar uma queixa formal, com base no artigo dois, capítulo um e título um, do Código do Consumidor – pronuncio cada uma dessas palavras, com ênfase e profissionalismo para intimidá-lo. – Eu disse que sou uma advogada renomada e que ganhei causas até mesmo na Europa? Deveria considerar isso, antes de sair por aí cobrando preços absurdos.

Ele arregala os olhos e perde a pose completamente.

Depois fica branco de pavor e, sem que eu espere, segura a maleta contra o peito e sai correndo depressa até desaparecer a dois metros da plataforma de embarque e *check-in*. Começo a rir da ousadia e mentalmente agradeço à primeira página de um livro que encontrei jogado de qualquer jeito num banco do ônibus, chamado *Passe agora mesmo em concursos públicos*. Na verdade, o que a menção sábia diz é: "Consumidor é toda pessoa física ou jurídica que adquire e utiliza um produto ou serviço como destinatário final."

Quem diabos sairia tão assustado e correndo após ouvir uma declaração assim?

É uma definição, pelo amor de Deus!

Merda.

Tenho eu mesma que puxar essa mala pesada até a livraria. Calculo a distância e, bem, acho que é possível. Qualquer mulher corajosa, forte e independente pode carregar a própria mala pesada, não é? Tudo bem, vamos lá. Eu consigo. Seguro a alça da mala e puxo com muita força, mas para meu completo espanto e frustração, ela nem move um milímetro. Faço novamente o mesmo movimento, e nada.

Leis da física!

Num plano liso um objeto tende a sofrer influências do peso, da superfície, atrito e gravidade. Acontece a mesma coisa com o corpo das pessoas.

Nossa, muita inteligência da minha parte pensar em algo assim.

Talvez, se empurrar para frente, sem sair puxando feito louca, terei sucesso.

Isso!

Olho para o lado, inalcançável em meu pedestal, e algumas pessoas estão olhando para mim. Dois marmanjos estão sorrindo, provavelmente torcendo para que as minhas tentativas sejam em vão. Fico ao lado da mala e, como havia pensado, começo a ganhar impulso ao afastar as pernas e estender o braço para frente.

A mala caminha um pouco e mais, mais e mais. Consegui! Ufa! Ainda estou indo bem, quando paro para recuperar o fôlego. Agora, todos estão com fisionomias de riso.

Quem liga para essas pessoas?

Pelo menos, consegui mover a mala sozinha e, depois disso, acredito que ninguém vá medir forças comigo. Fico abaixada e começo a empurrar com mais força. Sinto os olhares penetrantes às minhas costas. De repente, os sapatos começam a deslizar no piso e sou literalmente obrigada a parar. Estou quase lá. Com ar de vencedora, ajeito a minha roupa – uma saia executiva preta e uma camisa ajustada de cor lilás – e, lentamente, dou uma espiada na distância que percorri e...

Não, não, não e não!

Devo ter caminhado uns dois ou três passos muito curtos.

Eu achava que tinha percorrido uns dez metros!

Envergonhada, admito a minha derrota. Não sou capaz de empurrar a própria mala e, se continuar assim, terei sérios problemas com a sociedade local.

Por falar nisso, *onde estão os homens gentis dessa cidade*?

O hotel é lindíssimo, enorme e impecavelmente luxuoso. Ah, meu Deus, estou tão entusiasmada e agradecida por isso, que até esqueci o pequeno problema no aeroporto. Depois de conferir a minha reserva – quarto 201, com TV, canais pagos, frigobar, o ar-condicionado bem regulado e, pasmem, uma banheira com diversos sais cheirosos e muito bem escolhidos – e de organizar as minhas roupas em um guarda--roupas embutido numa das paredes perto da imensa cama fofinha e arrumada, debrucei-me sobre a janela do quinto andar e contemplei a vista para o mar.

Lá embaixo, enxerguei pontinhos em movimentos, uma piscina de água azulada e cenário paradisíaco que contrastava com o horizonte urbano entrecortado por prédios e nuvens densas. Enquanto estou ali, meditando sobre os primeiros roteiros na cidade, aproveito para refletir sobre o que preciso comprar e, de certo modo, economizar.

Tenho uma lista módica e menos glamorosa – e comprei aquele livro de comédia romântica que tinha uma capa linda e fitinhas coloridas, lembra?

Bem, paguei o táxi até o hotel, porque não estava nas despesas da matriz.

Droga, seria maravilhoso se estivesse! Ainda me restam – me deixe ver direitinho – exatamente R$ 2.892,30. Ah, esqueci de contar que trouxe o cheque integral.

Vai que fico doente ou passe por algum caso de vida ou morte.

Julguei melhor trazê-lo, por precaução, afinal de contas sou uma mulher prevenida e controlada.

Depois de originar algumas ligações do quarto – e espero que estejam no pacote –, pedi o almoço (arroz integral, bife grelhado, conservas, salada e suco de manga) e comi tudo como se não houvesse amanhã. Ao final da refeição, estou impressionada com meu prato vazio. Tudo bem, eram poucas calorias, não entre em pânico.

Escolho um vestido lindo, que está combinando com os sapatos meio altos, passo um batom e gotejo um pouquinho de perfume. Estou pronta para curtir o clima animado da cidade e conhecer algumas pessoas interessantes.

Mas não estava aguardando tanto calor.

Quando eu deixo o hotel, e estaciono à sombra de um toldo para veículos, percebo que acabou sendo uma péssima ideia esse vestido. O Sol está escaldante e erguido acima dos prédios. Olhando as ondas de calor que se erguem vagarosamente do asfalto, parece que vou derreter a qualquer instante. Penso naturalmente no *short* e camiseta que trouxe para uma grande necessidade, mas minha mania de querer dar às pessoas estranhas uma melhor impressão é um problema. De todo modo, estou confiante e, quando estou com um sentimento incrível palpitando no peito, sei que coisas boas vão acontecer.

Bem, nada de *lei de Murphy* hoje, certo?

Acabo de notar que não estou com a pele hidratada.

Deus, esqueci o protetor solar e um chapéu para proteger o meu rosto do Sol!

Eu não coloquei isso na lista para possíveis compras, coloquei?

Droga, preciso disso para continuar vivendo e curtindo o verão de Floripa.

Junto toda a coragem que ainda me resta e caminho pela parte acessível da cidade, segurando um mapa que consegui no *hall* do hotel e olhando admirada um conjunto de casas geminadas que se erguem nas calçadas. As pessoas daqui também andam de modo tão confortável e seguras, que sinto que estou invadindo espaço alheio. Abro ainda mais o mapa e avalio calmamente opções de visita – é evidente que procuro uma grande loja para me ambientar.

O que deve ser esse negócio vermelho aqui?

Ergo os olhos para o leste e não vejo nada além da rebentação das ondas e pessoas caminhando à vontade, usando roupas de banho, chapéus e tomando uma água de coco e cerveja. Não quero pensar em cerveja! Não agora, pelo menos. Se bem que está fazendo tanto calor e aquela cerveja está praticamente nevada.

Ouço-a chamar meu nome, com braços abertos e tudo mais.

Eu podia tomar *uma* só, não podia?

Não, melhor não.

– Olá! – digo para duas mulheres que estão passando a meu lado, conversando. – Por gentileza, onde fica a loja mais pertinho daqui?

Elas se entreolham e encaram o mapa que estou segurando.

– Para que precisa de um mapa? – uma delas diz. – Não estamos na Flórida.

– Você não é daqui, não é? – a outra pergunta, segurando a aba do chapéu.

– Estou a passeio. *Por três dias* – digo, firmemente. – Estou hospedada bem ali.

– *Filhinha de papai* – ouço-as cochicharem baixinho. Depois, elas se voltam para mim, sorridentes. – Não vai precisar de mapa. Escuta só, tem uma loja do outro lado.

– Desculpa a pergunta, mas é uma loja *do quê?* – estou curiosa sobre isso.

– Depende do que você procura.

– Eu – limpo a garganta –, bem... preciso ver umas roupas para o verão. Não sabia que estava fazendo tanto calor perto do Natal. E estou meio desprevenida quanto a isso.

– Ah, tudo bem... – a outra diz, abanando a mão. – Não se preocupe. Por sorte, a loja vende de tudo, desde roupas até produtos esfoliantes para pele.

Meu coração dispara. Essas mulheres são muito simpáticas, e eu gostei delas.

– Ah, Deus, é exatamente tudo o que procuro!

– Podíamos acompanhá-la – a mais alta e educada diz –, sei lá. Talvez, para ajudar com as escolhas. É mais fácil para a gente, porque conhecemos bem os gostos locais.

– É! – a outra exclama, e eu abro um sorriso de encanto. – Podíamos dar dicas de ajustes e acompanhamentos, essas *coisinhas* básicas que são sugeridas nas lojas.

Que fofas! Ah, como sinto falta da Vicky e da Cristina, nesses momentos de dúvidas. Espera um pouco aí! Elas devem pensar que não sei escolher as minhas próprias roupas.

Ou pior, devem estar pensando que eu estou sozinha, sem namorado e obviamente não sei o que fazer da vida. E eu querendo *confraternizar!* Onde estava com a cabeça?

– Obrigada! É muito gentil – digo e, no mesmo instante, aponto para um canto da rua –, mas o meu marido, Wilson, está me aguardando bem ali!

Elas olham para onde estou orgulhosamente indicando e, só então, percebo o meu erro fatal. Merda! Estou com o maldito dedo apontado para o muro de um...

– Seu marido está esperando por você *naquele* cemitério?

Cacete. Saia correndo. Saia correndo. Saia correndo.

– Sim! – e grito, tentando encontrar uma solução. Que enrascada!

– Ele morreu! E sempre que está chegando o fim do ano, levo ternos, fraques e, às vezes, calças de brim. Fiz uma promessa, sabe? Ele era muito ligado a essas coisas de moda.

– Ele era um estilista?

– Na verdade – digo, simulando uma cara de viúva –, era assistente de um estilista muito famoso, que desenha vestido para a maioria das celebridades.

Caramba, meu marido imaginário deve estar se contorcendo dentro do túmulo.

– Ah, querida, sentimos muito... – a mais alta me abraça e eu retribuo tentando ser bastante convincente. – Quer que a gente faça companhia, nesse momento difícil? Nós poderíamos, sei lá... por exemplo – ela olha para a outra, como se ela fosse ter uma ideia melhor –, montar guarda na porta do cemitério, enquanto você presta as homenagens ao seu falecido marido, o Wilson.

– Não, obrigada... – digo, começando a caminhar pela calçada.

– Deve ter sido uma boa pessoa – diz a outra, com pesar arrastado nas palavras. – E você deve ter sido uma boa esposa para ele.

– Tem certeza de que não quer que a acompanhemos?

Eu vou *estrangular* a gentileza dessa mulher!

– Ele não é muito sociável. Bem – aceno devagar –, vou indo...

E saio correndo feito uma barata atarantada.

Mas esqueço de tudo o que passei antes, com aquelas mulheres e a minha mentira descarada, quando dou de cara com algo que fez o meu queixo tremer e cair. Atraente e com uma placa dizendo *abrimos até as 22 horas, inclusive feriados* – exatamente como deveria ser –, uma imensa loja de tendências sobre moda surge no finalzinho da esquina. Minha reação a esse deslumbre de espaço é automática, então preciso estar adiantada e, se não houver disputas, escolher as melhores malhas.

Entro disparada e admirada com as luxuosas variedades que compõem as vitrines. Animada demais, verifico os preços e suponho rapidamente que eles parecem bastante acessíveis. Talvez, eu possa retirar uns reais destinados ao pagamento da fatura atrasada para comprar *aquela* saia. Também *aquela* bolsa *Calvin Klein*, que parece de praia. Ela é interessante, olha só – modelo July azul, vistosa e custa menos de, deixe-me ver... R$ 500,00.

Bem, acho que nunca encontrarei uma oferta imperdível dessas, encontrarei?

Pego a bolsa meio trêmula e sinto uma confiança a mais na minha postura.

Paro à frente de um espelho oval e avalio como está a bolsa em minhas mãos.

Estou suspirando de emoção!

– Ficou *linda* em você! – diz uma atendente muito simpática e bem-vestida. Puxa, ela está usando um colar de pérolas *Anna Flynn!* – É uma moda recente e está vendendo muito bem. Na verdade, diria que faz sucesso com mulheres *modernas* e de *bom gosto*.

– Você achou? – estou fascinada com o atendimento diferenciado. – Obrigada!

– Amei mesmo! É só observar como combina bem com seus traços delicados – ela fica a meu lado e puxa a bolsa um pouco mais para o lado.

Olho incrédula e impressionada para o modo como ela conserta e repuxa a alça da bolsa, adequando-a perfeitamente ao meu tamanho. Ela é espetacularmente atenciosa com esses detalhes. Na verdade, ela é muito dedicada e concentrada.

Penso em elogiá-la para o gerente da loja.

Quero dizer que ele é um cara de sorte e que precisa lhe dar um aumento.

– Quer beber algo? – ela pergunta e volto a olhar o meu reflexo no espelho. – Um licor de laranja sem açúcar mascavo, champanhe ou água. Ou talvez um martini com um cubo de gelo. Bem, você escolhe.

– Água! – digo, um pouco excitada demais.

Ela ri e solta a bolsa, que ficou muito bem ajustada nos ombros.

– Está evitando as malditas calorias, não é?

– Belo chute – respondo, sorrindo.

– É o que todas nós evitamos – ela acena para um rapaz e, em poucos segundos, já estou com o copo de água em mãos. – Mas acho isso uma tremenda bobagem, se quer mesmo saber. A sociedade costuma dizer que, se não colocarmos limite e regras, vamos enfrentar sérios julgamentos. Não é legal ficar julgando ninguém pela aparência.

Enquanto ela manifesta a sua opinião, sinto-me obrigada a concordar e apoiar suas colocações. O problema é que nem todas as pessoas têm controle sobre os julgamentos e críticas pelo modo como se vestem, caminham, gastam ou levam suas vidas. Já ouvi um ou dois casos parecidos, sobre mulheres que tentaram o suicídio por conta da pressão da sociedade. Às vezes, condeno, acreditando que a vida ainda continua sendo o bem mais precioso que existe. Mas entendo que o mundo está contaminado de falsos ideias, falsas medidas e – o pior de tudo – de perversidade.

Clarice – *aquela vaca escandalosa e metida a politicamente correta* – que o diga.

– À propósito – ela interrompe os meus devaneios. Graças a Deus. –, meu nome é Bruna. Trabalho aqui no horário vespertino. Mais tarde, depois que eu saio, entra outra funcionária, a Nabuco.

– *Oi*, muito prazer! – digo, estendendo a mão. – O meu é Darla. E, a depender do atendimento que recebi, considere-se uma garota de sorte. Amei você!

– Ah, *obrigada*! Fico feliz em saber que conquistei uma cliente tão elegante como a senhora.

Estava bom demais para ser verdade.

Eu... não... sou... senhora, tá legal?

Então, pela primeira vez, percebo uma coisa que havia passado despercebida até o momento. Ah, meu Deus, ela usa *aqueles* aparelhos amarelinhos!

Fico pasma, enquanto estudo os dentes marcados por alguns pontinhos amarelos.

Não consigo deixar de notar que temos gostos bem parecidos e, de alguma forma, sinto que um cordão umbilical invisível nos une. Pense bem, ela se enfeita com o colar de pérolas, está trajando um chiquérrimo vestido tomara que caia, usa aparelho amarelo e brilhante e, como se não bastasse, é determinada e obstinada.

Vai ver a Bruna também está passando pelos mesmos problemas amorosos – falta de um homem que preste, você bem sabe.

Estou comovida com a atenção que recebo. Independentemente de qualquer coisa, ela é compreensiva, paciente, sorridente e ótima em dar alguns toques. Troco de roupas com a mesma facilidade com que olho diretamente para outros modelos.

Não estou absolutamente certa da minha decisão sobre *este* casaquinho ou *aquela* blusa com estampa florida.

– Estava pensando em convidá-la para sair – digo, tentando fazer um *short* jeans entrar a todo custo na minha cintura. – Estou visitando a cidade, por uns dias, e não sei exatamente o que fazer. Seria bom ter alguém para conversar.

– É sua primeira vez, não é? – Bruna diz, segurando os cabides que ainda preciso experimentar. São tantos.

– Sim! – respondo notavelmente aborrecida. E esse maldito *short* que não entra? – Preciso fazer uma confidência – contemplo as cabines do provador feminino e percebo que estão vazias. – Tive péssimos dias com um ex-namorado cafajeste e, por isso, quero aproveitar a viagem para distrair a mente, conhecer lugares e me divertir um pouquinho.

O semblante de Bruna se ilumina com uma lembrança útil e feliz.

– Você bebe?

– Não muito, mas arrisco algumas cervejas, às vezes – claro que não vou entregar logo de cara que só de imaginar uma bebida gelada, fico obviamente eufórica e trêmula.

– Você fuma?

– Não! Nunca coloquei um cigarro na boca – mentira, fiquei com vontade de saber o gosto, mas só aconteceu uma vez.

– Você ainda é virgem?

Sinto que estou sendo interrogada por um policial, após cometer um crime.

– *Claro que não!* Tomo até anticoncepcional – bem, certas coisas não contam, não é? Deixa para lá! – Quer dizer, tomava. Mas, por que tantas perguntas?

Bruna dá um sorriso contemplativo.

Lá vem bomba.

– Pesquisa potencial, apenas – ela diz e rapidamente encolho os ombros. – Acabo de ter uma ideia do que você precisa.

Capítulo Seis

TUDO BEM, DARLA, NÃO FIQUE DANDO TANTA BANDEIRA.

Não é nada demais, é comum e as mulheres modernas fazem isso o tempo todo.

Em despedidas de solteira, quero gritar.

Ela simplesmente não precisava fazer isso comigo.

Tudo bem que deveria ter estabelecido um pouquinho de limite, mas... mas... pelo amor de Deus, em que a Bruna estava pensando quando resolveu me trazer a uma boate de *strippers*? Começo a dar umas risadinhas nervosas, diante da porta imponente e cheia de figuras de homens musculosos encarando as mulheres da fila.

Estou até sem fôlego – pensando bem, acho que preciso fazer outro programa que faça com que as minhas pernas não fiquem tremendo tanto.

– Você ficou maluca? – digo, quase gritando. Uma música badalada começa a dar ao ambiente um ar mais animado. As pessoas empurram, pisam nos pés e dão gritinhos de felicidade. – Não precisava ser tão radical!

– Relaxa – Bruna diz, logo atrás de mim, impecavelmente púrpura em seu vestido coberto de lantejoulas e salto agulha. – Estamos a caminho do *paraíso*.

– *Ah*, meu Deus, estou com um pressentimento muito, muito ruim.

– *Qual é*, Darla! – ela diz, balançando o corpo conforme a música vai ficando bem mais alta. – Você queria o lugar certo para se *divertir*, não queria?

O empurra-empurra não me permite responder que havia mudado de ideia.

Passo o bilhete de entrada para um segurança mal-encarado e de cabeça raspada e, quando dou um passo à frente, entendo que tudo é pior do que pensava. Bruna segura a minha mão e, sem que eu perceba, me arrasta para a pista, esbarrando nas pessoas que requebram e pulam alucinadamente. Aos poucos, meus olhos se ambientam e, a poucos metros de distância, enxergo garçons enchendo os copinhos com bebida e equilibrando-os sobre bandejas coloridas.

Garçons sem camisa, peitos enormes e gravatas estilo borboleta.

Meu coração praticamente dispara de excitação.

– *Vamos, Darla!* – Bruna está girando, com os braços abertos. – *Mexa esse corpo!*

Não mesmo. Enquanto as pessoas acompanham o ritmo da música, observo tudo o que acontece ao redor, sem evidentemente conseguir ter consciência de tudo.

Então, um pensamento me absorve e amedronta. Será que estou condenada a viver me distanciando dos prazeres da vida por toda a eternidade? Quer saber, que se dane o ócio, a hipocrisia, os homens que não sabem valorizar uma mulher dedicada!

Enfim, que se dane qualquer pensamento discriminatório!

Vou cair é na farra!

– *É isso aí!* – ela grita para mim, enquanto nos serve de drinques quentes e azuis.

Puxa, quem diria que dançar deixa o corpo tão leve! Os braços, pernas e cabeça se movimentam a ponto de me deixarem desconjuntada.

Completamente desconjuntada.

– Boa-noite! – ouço uma voz suave e rouca atrás de mim.

Quase deixo cair o meu copo com bebida, mas – graças a Deus – segurei a tempo.

– Oi! – o homem barbudo diz, equilibrando um chapéu engraçadíssimo na cabeça. – Aceita uma bebida?

Já ouvi essas mesmíssimas palavras antes e tudo acabou muito mal.

– Não, obrigada! – digo, educadamente. – Já estou com a minha própria bebida.

– Você vem sempre por aqui?

– Nunca andei antes!

– *O quê?* – ele aproxima o ouvido dos meus lábios. A música dá uma parada e, de repente, tudo volta a vibrar dentro da boate. Todos parecem olhar para nós.

– Eu disse que é a minha primeira vez!

Ele abre um sorriso. Olhando bem de perto, até que não é de se jogar fora, mas deve ter quantos anos? Quarenta e cinco? Poderia até ser meu pai!

– Você está sozinha?

Oh, que fofo!

Esse tipo de pergunta entrega o tipo de homem que você é – um homem que está sozinho há mais de um ano, não transa e também não tem amigos.

– Na verdade, estou com uma amiga.

Falando nisso, onde diabos está Bruna?

Ah, está ali conversando com aquele homem alto, cabelos curtos, ombros largos, bíceps enormes e... meu Deus!... aquele é o Channing Tatum? Parece muito com ele.

Eu poderia, tipo, admirá-lo por horas.

– *O quê?*

– Eu disse que estou com uma amiga!

– Ah, entendi – ele volta a endireitar o corpo. – Posso fazer uma pergunta?

Outra? Estou me sentindo entrevistada pela Oprah. Tudo bem, eu mereço.

Manda.

– Pode.

– Queria, na verdade, fazer um convite.

– Depende – digo, olhando fixamente para ele. – Desde que não seja ir para algum lugar tranquilo para dar uns amassos, de preferência sem ninguém por perto... tipo um motel ou coisa do tipo.

– Não. Olha só, desculpe se dei a impressão errada – ele ri baixinho. – Sou o dono da boate e, às segundas-feiras, é dia de escolher alguém da pista para *interagir* com um dos nossos dançarinos.

Ele só pode estar *brincando*, não é?

Eu, Darla, subindo num palco e rebolando ao lado de um *stripper* profissional?

Hahahaha... é evidente que é uma pegadinha!

Vamos, onde estão as câmeras escondidas? Vamos, podem aparecer.

– De jeito nenhum! – digo, branca de medo, virando o último gole do copo. – Eu não faria isso nem que recebesse uma boa gorjeta.

– É lógico que ela vai – uma voz inesperada surge na conversa. – E pode preparar o seu pessoal, porque a Darla é um estouro!

Cala essa boca, sua maluca!

Sinto que as paredes da boate estão desabando sobre a minha cabeça.

Preciso sair daqui. E agora!

– Não brinca! – ele diz, com os olhos brilhando. – Então, fiz a escolha certa para o *show* desta noite.

Show? Eles estão falando de show? Que tipo de show?

Quero gritar, mas ninguém me deixa falar nada!

– Vou prepará-la e, daqui a pouco, você pode chamar. O nome dela é Darla.

Olho furiosamente para Bruna, querendo esganá-la. Não, quero assassiná-la. Não, pensando melhor, quero fazer picadinho dela, cozinhar tudo com maionese e dar para os cães da minha rua.

Estou perdida, Deus, o que eu faço?

– Você tirou a sorte grande, amiga!

– Você perdeu o juízo, Bruna?! – digo, com um nó na garganta e quase chorando. – Não vou dançar com *stripper* nenhum!

– Ah, você vai, sim – ela diz, olhando para o palco, onde alguns homens carregam caixas e uma cadeira de ferro. – Tem noção do quanto cada uma dessas mulheres daria a vida para ter uma chance como a sua?

– Não importa! – estou gritando, descontrolada. – Todo mundo vai ficar olhando e pensando *só Deus sabe o quê*! E a minha dignidade, honra e pudor, onde ficam?

Bruna dá uma risada elétrica e joga a cabeça para trás.

– Darla, escute – ela segura o meu ombro e chacoalha tanto, que fico assustada. – É só uma amostra. Você vai dançar com um gostosão e pronto. Todas as mulheres daqui vão ficar roídas de inveja.

Estou enrascada. O dono da boate sobe lentamente ao palco, sob as luzes de vários holofotes, e as mulheres prorrompem em aplausos e gritos enlouquecidos de ansiedade.

– Acredite em você, amiga. *E se joga!* É o seu momento.

Sempre pensei em ouvir essas palavras, mas não assim. Não nessas circunstâncias desesperadoras. Em meus sonhos, isso seria um incentivo vindo diretamente dos lábios do Richard Gere ou daquelas meninas engraçadas do ICarly.

– E, hoje, teremos um *duelo de titãs* – o dono da boate anuncia no microfone e eu sinto as pernas enfraquecerem. – Estão prontos para conhecer a convidada desta noite?

Ouço mais gritos. Gritos ansiosos de homens.

Espera um momento. Não era uma boate só para mulheres?

– Contracenando com ela – o dono da boate continua, abrindo os braços de modo teatral –, vamos chamar ele... o homem que enlouquece a cabeça da mulherada, que não brinca em serviço... *O mascarado*!

Agora é declaradamente oficial, estou surda de verdade com os gritos que chegam de todos os cantos. Bruna está pulando e gritando, ao mesmo tempo. Minha mente está entorpecida demais para imaginar qualquer coisa sobre esse tal de *O mascarado*.

– ... recebam com aplausos ela... a mulher fenomenal que é um sonho de consumo de qualquer marmanjo de sorte... Venha aqui, Darla, cadê você?

A adrenalina inunda cada parte do meu corpo. Pego a garrafa de bebida das mãos de Bruna e, num impulso para amenizar a aflição, bebo metade do conteúdo num só gole. Para fazer isso, só bebendo. O mundo gira. As pessoas gritam meu nome, posso escutar, sob uma camada de zumbido nos ouvidos. Ofuscada, dou um passo na direção do palco e, enquanto caminho bem devagar, todos curiosamente se afastam para os lados.

A cada passo desconcertado, tenho a impressão de estou indo para os muros além da fama, para os flashes intermináveis e nervosos dos *paparazzi*.

E então, mesmo com tudo girando devagar, alguém segura delicadamente a minha mão e me coloca de frente para dezenas de pessoas desconhecidas e curiosas.

Pontos Fortes da Situação:

✓ *O mascarado é simplesmente muito, muito, muito gostoso.*

✓ *O mascarado é simplesmente o melhor homem da face da Terra.*

✓ *O mascarado é simplesmente alguém com quem eu queria estar na cama.*

✓ *O mascarado simplesmente me levantaria e espremeria assim a noite inteira.*

✓ *O mascarado é simplesmente um Jack Sparrow de sunga e gravata negra.*

✓*O mascarado é simplesmente, simplesmente... olha só o que ele está fazendo!*

Pontos Fracos da Situação:

✓ *Darla está simplesmente gritando e surtando feito uma lunática.*

✓ *Darla está simplesmente de cabeça para baixo e vendo tudo girando ao redor.*

✓ *Darla está simplesmente adorando estar rebolando para os homens da boate.*

✓ *Darla está simplesmente inclinada, segurando o peito musculoso do mascarado e dando pulinhos de agitação.*

✓ *Darla está simplesmente dançando e abrindo a blusa devagar.*

✓ *Darla está simplesmente... O quê? Abrindo a blusa devagar?*

Capítulo Seis

As mulheres da boate gritam aparvalhadas, enquanto *O mascarado* se aproxima e me deixa à vontade – gingando e sambando ao som da música. Vejo mãos carregadas de notas e, à medida que ele passa na passarela, sua cueca azulada e quase transparente se enche de dinheiro de todos os valores e nacionalidades.

– Coloca dinheiro na cueca dele, Darla! – Bruna grita, lá do meio das pessoas.

Nossa! Ele valeria cada centavo que tenho no bolso, em cheque, as moedinhas que ainda tenho sobrando no meu cofrinho e, inclusive, minha fortuna imaginária inteira.

Ou seja, *milhões de dólares* depositados numa conta secreta nas Ilhas Cayman.

Examino os bolsos traseiros da calça jeans e encontro uma cédula solitária. Faço esforço para lembrar de quanto dispunha, mas estou extasiada com as luzes rodopiando e caindo sobre mim. Desisto, ele realmente vale qualquer valor.

Seguro o dinheiro com tanto cuidado que, quando ele se aproxima rapidamente, eu mal consigo encaixá-lo na cueca frouxa e recheada de notas coloridas e ondulantes.

Meu Deus, acabo de *colocar* dinheiro na cueca de um *stripper!*

Eu sou uma piranha. Hahahahaha... Adorei!

Mesmo de longe, vi quando Bruna arregalou os olhos e piscou.

As mulheres à volta fizeram o mesmo, parecendo notavelmente impressionadas.

Será que fiz alguma bobagem? De repente, todos estão olhando para mim.

Ele sorri, com seus olhos ocultos pela máscara de couro tipo Zorro. Agora já estou em seus braços bem torneados e, mais uma vez, subo e desço pelo seu corpo suado e raspado. Deslizando, deslizando e deslizando até chegar ao limiar do palco. É incrível como me sinto solta, trôpega e despudorada. Nossa, é libertador!

Ignoro o entusiasmo e o desejo das mulheres e, quando ele segura as minhas costas, estremeço e alivio um pouco da minha tensão.

– Você, certamente, é a melhor que já subiu nesse palco, sabia? – ele diz, pertinho dos meus ouvidos.

– Jura? – digo, envergonhada e vermelha feito pimentão. – Estava muito insegura.

– Juro. Poderia até conquistar as suas *próprias* notas na calcinha.

Dou um sorriso débil e avalio os homens na pista. Eles estão babando, como cães presos na coleira. Deus me livre ficar de roupa íntima para receber notas na calcinha *Du Loren* com 88% de poliamida e 12% de elastano e algodão.

– Espero que isso seja um elogio da sua parte.

– Acredite. É um elogio sincero.

Estamos girando e girando.

Ele remexe os braços e as pernas à passagem das luzes ofuscantes da boate.

– Vem cá – o *mascarado* diz, com uma voz maliciosa, e estendendo as mãos para que eu as segure. – Vamos tentar uma coisa.

Hein? Vamos fazer... o quê?

Ele me puxa com força e, no impulso, nossos corpos se chocam violentamente. Se eu não estivesse em alerta, teríamos caído no chão – e certamente dado boas risadas. Só que isso não foi nada em vista do instante em que sou arrebatada e vergada para a frente e, com facilidade, minhas pernas se fecham pressionando a sua coluna. Vagarosamente, equilibro o meu peso em seus braços fortes, de tal maneira que nossos rostos ficam bem colados. O hálito dele cheira a eucalipto.

Seus olhos me avaliam, mesmo escondidos pela máscara negra e elástica.

Paro de respirar, enquanto ele me examina com a atenção de um príncipe.

Não me olha assim, por favor.

– Não vou soltá-la. Confie em mim.

Aceno com a cabeça, obviamente trêmula e concentrada. Meus lábios estão secos e, para umedecê-los, passo a língua molhada sobre eles. Ele novamente sorri e desenha uma linha amigável no semblante. Suspiro profundamente. Fecho os olhos, mas torno a abri-los para o brilho prateado das luminárias. Não me interessa o brilho das luminárias, mas *aqueles* olhos charmosos e irresistivelmente enigmáticos.

Então, ele quebra o silêncio aconchegante do meu desejo súbito.

Tenho certeza de que iria beijá-lo ali, sem pensar nas consequências de meus atos.

– Meu turno termina às 23 horas. Depois disso, *sou todo seu*.

Quer mesmo saber o motivo desse interesse inesperado de um *stripper* mascarado e profissional por alguém como eu? Não foi a nossa dança.

Não foi o meu encanto. É claro que não foi o meu encanto, ora bolas!

Não foi a minha capacidade de pensar coisas confusas e ingênuas... o tempo todo.

A explicação para esse mistério da atração é única e bem capitalista. Segundo uma estranha e inevitável tradição das boates de *strippers*, sempre que uma mulher remunera uma dança quente, sensual e participativa com o valor de R$ 100,00 depositados em sua cueca, na verdade está comprando um serviço exclusivo – *é um convite para sair*.

Pois é.

Sem saber, paguei para um *stripper* sair comigo.

E pior – eu paguei à vista.

Sim, não é loucura, você ouviu direitinho. *Um convite*.

Para sair com um *stripper*.

Não é a coisa mais normal do mundo, mas, ainda assim, é uma oportunidade para conhecer alguém com hábitos estranhamente diferentes dos homens com quem costumo sair. Talvez, até seja surpreendida por inesperadas soluções para construir um amor e confiança mais duradouros. E, além disso, admita que – a essa altura – a sua ideia de um relacionamento para mim não é obviamente a mais comum possível, porque não sou tão fácil assim de compreender. Namorar um *stripper* deve ser dureza e incrível, ao mesmo tempo. E, também, como regrar sua vida noturna, seu corpo que provoca desejo e cobiça das mulheres e o seu tempo disponível para satisfazer as minhas vontades?

Não mesmo.

Deve ser dureza e complicado, mas tem lá as suas vantagens.

– *Puxa*, quem diria que aqui faz tanto frio – digo, protegendo o corpo, enquanto caminhamos por uma rua iluminada e com pouco movimento.

– No que estava pensando? – ele diz, sorrindo e com as mãos dentro dos bolsos da calça jeans. – Às vezes, tenho a impressão de que é possível congelar no meio da rua.

– Não imaginava tanto, por isso não trouxe meu casaco – explico. Preciso parecer engraçada, interessante e inteligente. – Você não teria um sobrando, teria?

– Não, mas se a minha camisa de botão servir, posso emprestá-la.

Só agora que percebo a camisa que ele está vestindo. É vistosa, de malha xadrez e com botõezinhos pretos – não consigo inevitavelmente enxergar etiquetas, mas deve ser grife. Deixe-me meditar um pouco. Será que é *Giorgio Armani* ou *Gianni Versace*? Olho para a calçada, consideravelmente impressionada com a disposição dos mármores. Estamos entrando numa praça arejada, repleta de árvores e alojamentos comerciais. Não sou capaz de definir nomes dos restaurantes, porque os letreiros piscam e ofuscam tudo a nossa volta.

– Espero que não tenha problemas com nenhum tipo de comida, Darla – ele diz. – O cardápio por essas bandas é bem eclético.

– Imagina! Sou praticamente *morta de fome*! – não acredito no que acabo de dizer para ele. Meu Deus, essa conversa está sendo um desastre. – Quer dizer, é como a gente fala na minha região. É uma definição para quem *come de tudo*.

Até parece que sou uma esfomeada ambulante. Minha comida geralmente é composta por uma mistura de alimentos saudáveis, sem muitos carboidratos, gorduras cis ou trans, e aveia, grãos de centeio, polvilhos de granola, salada diversificada e carne branca. Não é possível você me encontrar empanturrada de sorvete, pães, biscoitos ou qualquer coisa que engorde um grama. Decidi, desde que soube da viagem, fazer um regime rigoroso e balanceado. Tenho fé de que vou emagrecer.

Quero terminar os meus dias de vida linda, mais magra e menos complexada.

– Estava pensando em convidá-la para degustar comida japonesa. O que acha?

Ah, Deus, comida *japonesa*?

Tenho que ligeiramente admitir que estou bem animada, após a revelação do meu acompanhante. Quanto tempo faz que comi um *sushi* com aqueles palitos complicados e pavorosos? E se passar vergonha por não saber comer o meu próprio *sushi* e – de quebra – provocar uma catástrofe fatal no restaurante japonês? Merda.

Preciso fazê-lo mudar de ideia.

– Não sou fã de peixe cru, salmão, molho *shoyu* – digo, tentando ser convincente e ocultando a minha tensão concentrada na língua.

– Você está brincando – ele me encara pelos seus olhos negros e brilhantes. – Ninguém é capaz de detestar *sushi*. Não completamente. É nutritivo, tem baixa caloria, e foge um pouco da rotina alimentar das pessoas.

Minha boca está salivando de tanta vontade de comer um *sushi*.

– Eu gostava muito, até... até... como posso dizer isso – *vamos, pense numa coisa extravagante.* – Até descobrir que *sushi* causa câncer de próstata!

Ele arregala os olhos desafiadores, fica em silêncio e, de repente, cai na risada.

– Como é que é? *Sushi* provoca *câncer de próstata*?

Estou para revelar que li no livro *Sushi*, da Marian Keyes, mas não vai funcionar.

– Sim! Li isso ainda essa semana, na seção de saúde, do jornalzinho de circulação diária da minha cidade. Era um artigo, na verdade, e tinha estatísticas muito confiáveis.

– Tudo bem, Darla – ele ainda parece bem cético, mas balança a cabeça. – Mesmo que *sushi* provoque câncer de próstata, qual o problema de você experimentar?

Puta merda.

Acabo terrivelmente de lembrar *que... mulher... não... tem... próstata.*

Agora, sim, o que ele vai pensar a meu respeito?

Engulo a seco, voltando a caminhar para distraí-lo, mas a sua persistência no olhar me deixa desconcentrada, com a noção de que tudo o que posso fazer é continuar com o *teatrinho* para impressioná-lo.

– Em nível de informação, ainda existem mulheres preocupadas com a saúde dos homens – digo, firmemente. – Muitas de nós até assinam abaixo-assinados para manter esse tipo de compromisso. Levamos isso muito a sério.

– Você, sem dúvida – ele tenta prender o riso, mas afrouxa os lábios –, é a mulher mais engraçada, agradável e original que eu conheço.

Calma. Ele só fez um elogio, nada demais. Ah, meu Deus, *ele fez um elogio!*

– Alguma outra sugestão para o jantar? – diz, erguendo o dedo para indicar todos os restaurantes que estão do outro lado da praça. – Mas cuidado para não escolher nada que cause em nós alguma doença degenerativa.

– Eu estava falando sério, para sua informação.

– Não disse o contrário, só quis ser cauteloso.

– Está perdoado.

– E então, qual a sua escolha? – ele pergunta, com o ânimo exaltado.

– Que tal *pizza*, você gosta?

– Gosto de qualquer coisa.

– Mesmo *pizza* de espinafre, cogumelos e ervas do campo?

Ele torce imediatamente o nariz, evidenciando que a opção não é muito agradável. Em seguida, dá de ombros e toca com firmeza o meu ombro.

– Pode ser. Vou considerar isso como um sacrifício que tenho que fazer por você.

Nunca imaginei que sair com um *stripper* pudesse ser tão divertido. Ele – o Diego – é atencioso, um bom ouvinte, sabe o momento certo de intervir sem ser pretensioso e, como um tipo de bônus, ainda é irresistivelmente charmoso. É desses que não precisa de muitos esforços para se mostrar conveniente. Estamos honestamente rindo de cada uma das nossas mudanças repentinas de assunto, entre as quais estão *com quem moramos, os gostos e preferências, trabalho, livros, programas culturais, antigos relacionamentos e os motivos de não terem dado certo,* enfim... Meu currículo está sendo admirado por um homem que demonstra interesse em saber mais sobre mim e isso me deixa entusiasmada e particularmente atraída pela sua postura.

Evito ao máximo falar sobre o Greg. Nossos pratos intocados refletem a luz cor de pérola que desce do teto suntuosamente de mármore branco.

– Ainda não tive um relacionamento tão intenso que me permitisse mudar de vida e rotina – Diego diz, segurando o garfo. – Geralmente, estou entretido com o fascínio de descobrir o que o futuro me reserva. O amor é algo sagrado e, como tudo que é sagrado, merece um pouco de seriedade e compromisso.

– O mal de algumas pessoas é se dedicar demais às outras – digo.

– Você acha que nem sempre elas recebem o mesmo em troca, não é?

– Infelizmente, poucas são capazes de retribuir gestos tão humanos.

Diego segura uma taça de vinho tinto e, depois de um tempo, gira e toma um gole.

– Além de tudo, você ainda é descrente.

– Só não consigo mais esperar coisas maravilhosas e surpreendentes das pessoas – digo, em tom sugestivo. – As poucas que ainda não se contaminaram com a arrogância, com os deslizes, com a falta de sentimento, não se socializam com o nosso meio.

– Gostei, mas é filosófico demais. O erro do seu pensamento é ver sua vida como algo ruim, que se distancia da realidade das outras pessoas.

– Não é isso – gaguejo. – Eu gosto da vida que levo, mesmo com os meus sonhos atrapalhados e inalcançáveis.

– Então, o que perturba você, Darla?

Nesse momento, meu coração dispara.

Fico olhando para a mesa, por um instante, incapaz de demonstrar certas coisas.

O silêncio entre nós é demorado, vago e carregado de tensão.

– Tudo bem, esquece – e acena de forma amigável e leve. – Essa sempre será uma pergunta complicada.

– *Puxa vida!* – digo, aliviada. – Minha primeira conversa difícil com alguém.

Diego encosta a sua perna na minha e dá um empurrãozinho de leve. Ele não faz a menor ideia do que está se passando pela minha cabeça, pobrezinho.

– Pelo visto, vamos ter muitas conversas difíceis.

– Isso é um novo convite para sair mais vezes?

– Depende.

– Depende *do quê?* – pergunto, curiosa.

– De como você vai reagir a certos comportamentos meus. Durante *esta* noite.

– No que está pensando, Diego? Não faça tanto mistério.

– Calminha – Diego se levanta da cadeira e estende a mão. – Não apresse tudo, ou vai acabar estragando a surpresa.

Prometo que não vou criar tantas expectativas. Isso nunca dá certo com vestidos e joias de brilhantes, imagina com os homens, que são temperamentais e incertos pela sua própria natureza. Mas Diego não é assim, pelo contrário. Ele é planejado, cauteloso, tem aquele tipo de inteligência que costumo associar apenas a um periquito pequeno – ah, amo tanto esses bichinhos inteligentes e sagazes, que nem mesmo a National Geografic pode me fazer desacreditar que eles ainda vão dominar o mundo dos animais. *Que leão o quê!* A moda da vez e a tendência são os periquitinhos. Eles são simplesmente a nona maravilha do mundo. A oitava é aquele índio gostoso da Tribu Fu (era o nome que tinha no vídeo do Youtube), que Cristina pacientemente me mostrou na internet.

A verdade é que, nesse exato instante, tenho de me manter concentrada para não evidenciar as minhas expectativas. Aliás, sinto que a minha respiração está curta e lenta, por conta do que o Diego dissera agora há pouco.

Se eu contar até dez, posso até sobreviver. Um, dois, três, quatro...

– Darla, por que está tão pensativa? – ouço Diego perguntar, ao meu lado. O táxi e o movimento brusco das ruas de Floripa me distraem.

– Desculpa – digo, me sentindo culpada por não prestar atenção ao que ele deveria estar dizendo o caminho todo. – O que você dizia?

– Queria saber se é do seu agrado parar por aqui.

Aqui? O táxi segue devagar pela estrada de asfalto e entrecorta algumas ruas mais adiante. Viro o rosto para o outro lado e, então, percebo algo se movimentando em meio à escuridão borrada e enevoada. Umas coisinhas brancas parecem se arrastar e voltar até a margem da areia. É uma praia! Posso sentir a brisa chafurdando o meu rosto e cabelos.

Que romântico da parte dele, não é?

O silêncio da praia me tranquiliza e até me comove.

– Ah, Diego – suspiro, emocionada. – Que gentileza a sua me trazer aqui. Amo o mar.

– Eu sabia que tudo isso combinava com a sua personalidade.

– Minha personalidade é tão infinita assim?

– E quem disse que o mar é assim... *infinito*? – Diego pergunta, enquanto observa o táxi ganhar velocidade e seguir caminho.

– Meu livro de geografia da quinta série – respondo, em tom sarcástico.

– Então, sinto muito em dizer que você era uma péssima aluna, na quinta série.

– Não era, não – discordo. – Já fui escolhida para ser a *mascote* das apresentações folclóricas da escola.

Ser *mascote* significava, na verdade, usar uma roupa ridícula e uma cabeça imensa de um negócio que parecia um ET e que eu mal conseguia carregar sozinha. Era o maior mico. Começamos a andar pela calçada cheia de quiosques, mesas e cadeiras espalhadas. É incrível ver uma praia à noite. Você pode testemunhar o tapete de estrelas forrando o céu negro e se alegrar com isso. A simplicidade da noite é mesmo admirável, ainda mais quando se limita com o horizonte do mar ou derrama sua luz prateada sobre as águas calmas e brilhantes. Sinto que estou prestes a chorar com esse espetáculo.

– Você tinha razão – digo –, o mar não é mesmo infinito. É o céu acima de nós.

– Garota esperta – ele está franzindo a testa. – Você acaba de descobrir a *primeira* surpresa.

Paro de caminhar e o encaro.

– *O quê*? – exclamo, confusa. – Viemos aqui para ver o céu?

– Sim, por que não?

– Porque você mal me conhece e porque não faz nenhum sentido.

Ele avalia o mar e dá um suspiro profundo, alheio ao que acabo de perguntar.

– Que problema existe num homem mostrar o céu para uma mulher? Não se sente digna disso?

– É claro que me sinto digna! – rebato, cruzando os braços.

– Então, qual a razão de tanto espanto?

– Não estou espantada! Estou apenas... er... – engulo em seco. – Surpresa. Só isso.

– É *exatamente* essa a reação que eu esperava ver em seu rosto, Darla.

Sentamos num banquinho, voltados para a rebentação das ondas na areia molhada, áspera e quase infinita. Uau! Eu simplesmente não consigo desconfiar de nada. Quando ele me olha enigmático e sorri de forma estonteante e acanhada, 98% de mim conserva a confiança em sua honestidade e entende que estou atraída pelos seus segredos velados.

Os 2% restantes... bem, quem precisa deles?

Não se compra nem a metade de uma etiqueta da *Ralph Lauren* com essa merreca.

– Podíamos negociar a próxima surpresa – digo. – Posso ter um ataque do coração ou coisa parecida.

– Só se for uma ideia melhor, embora eu duvide muito.

– Quanta humildade! – minha voz sai como um sussurro. – Se continuar assim, eu começarei a fazer algumas recusas.

Ele faz uma expressão de pura perplexidade. Consegui!

Eu sempre sei o que fazer e, depois dessa, estou novamente na vantagem.

– Tudo bem – ele dá de ombros e aceita a derrota.

– Gostaria de passear um pouco mais.

– Quer conhecer mais coisas da cidade, não é?

– Florianópolis é um lugar fabuloso para se conhecer à noite – digo, casualmente. – E também, não é perdoável se você não conhece metade da cidade, pelo menos.

Diego avalia a minha proposta e dá de ombros outra vez. Vou entender isso como um *sim*. Quero saber mais sobre ele, enquanto caminhamos e tomamos um pouco de ar.

– E se eu pudesse segurar a sua mão?

Estremeço. Mas é lógico que eu deveria estremecer. E muito. Perto de um *stripper* como o Diego – além de tudo, cavalheiro e boa pinta –, você não se sente a vontade para demonstrar suas emoções. Não completamente. É como se sentir escrava de uma fortuna incalculável e estar impedida de usá-la como bem entender.

– Pode ser – balanço a cabeça, meio nervosa.

Ele segura a minha mão. Deus do céu, que mãos macias e firmes. E suadas!

Tudo bem, isso é humanamente possível.

Vamos pensar pelo lado positivo.

Se as mulheres da cidade enxergarem nós dois andando por aí de mãos dadas, a probabilidade de diminuir ou mesmo anular o interesse delas por ele seria de quanto?

Uns 85% para mais?

Muitas delas nem mais se atreveriam a frequentar a boate para admirá-lo.

É tudo o que desejo.

Capítulo Sete

CERTO, NÃO DEVE SER REAL. NÃO PODE SER REAL.

Diego continua segurando entusiasmado a minha mão, enquanto vislumbramos as iluminações de Natal que embelezam os cantos da cidade. Tudo está piscando ao redor dos altíssimos e grossos troncos das árvores, cercados e paredes das casas. Meu coração dispara só de pensar no Natal e em cada sentimento particular que ele me traz.

Todos os anos, costumo andar poucas quadras para encontrar a família e, perto do começo da noite, o caminho inteiro se entrega às luzes e às cantigas natalinas – sei todas de memória. Após o jantar, ficamos reunidos ao lado de uma imensa e enfeitada árvore (papai esnoba todas nós, só porque conseguiu orgulhosamente montá-la a tempo) para trocar presentes e dizer algumas poucas palavras.

Lembro como se fosse hoje o meu primeiro presente.

Os ingressos para o show da turnê da minha banda de *pop-rock* favorita.

Certo. Tudo bem. Admito que os deixei de lado, quando mamãe me entregou toda sorridente aquele pacote lacrado do que, na verdade, deveriam ser duas echarpes *Dolce & Gabbana*, como bem dizia no site... mas mamãe certamente extraviou uma e fingiu não saber do paradeiro. Nunca revelei nada, mas tive sonhos horríveis por causa disso. Ah, e por milagre, tive sorte de ganhar óculos *Empório Armani*, só... que... alguém... roubou!

Falando em grandes marcas, acabo de perceber que a marca da camisa xadrez que o Diego está vestindo é desconhecida. Tem uns desenhos vermelhos dentro de um círculo azulado. Deve ser nova no mercado de roupas masculinas que, cá para nós, não é a minha especialidade.

Se ao menos fosse o *Roberto Cavalli, Chloe, Brunello Cucinelli, Prada*, aí, sim, eu estava dominando. Honestamente, entendo de marcas de grifes femininas; se você quer mesmo saber como qualquer mulher se comporta, experimente dar um acessório, sapato ou bolsa de qualquer uma dessas marcas.

Pronto, você conquista a primeira parte da confiança.

Depois, você só precisa dizer as palavras certas e ser sexy.

Ah, e não demorar a pedi-la em casamento.

O mundo das mulheres é estranho, mas não é um bicho de sete cabeças, não é?

Até o momento, Diego parece esforçado e gentil o suficiente para saber que nunca se deve sentar sem oferecer uma cadeira confortável... nunca se deve elogiar sem causar uma boa impressão... nunca se deve dar flores, sem antes, encomendar os bombons.

Deus, como eu sinto saudades de um bombom de chocolate!

Se não engordassem tanto, poderia comer – brincando e sem a menor culpa – uma caixa cheia deles.

– Imagino que toda essa agitação seja normal para você – digo, fascinada com o movimento da rua em que acabamos de chegar. – Como consegue não ficar acuado com todas aquelas carolas enlouquecidas?

– Não esqueça que você também estava lá gritando – Diego responde, sem soltar a minha mão trêmula –, logo isso faz de você tão enlouquecida quanto elas.

– Eu estava sendo a *sortuda da vez*, esqueceu?

– Ah, é. Tenho uma péssima memória recente.

– Foi o que pensei – digo, sorrindo. – Sinceramente, essa coisa toda é assustadora. Minhas ações ficam muito limitadas se muitas pessoas estão olhando para mim.

Mentira. Desde pequena, sempre quis chamar a atenção... a começar pela escola.

– A gente se acostuma. O começo é tenso, porém chega um momento da vida em que você sobe naquele palco e percebe que o medo já não existe mais – Diego fala com tanta naturalidade, que fico assombrada. – Por exemplo, não notei nada de vergonha na sua interação hoje. Tudo estava... como é que se diz? Perfeitamente natural. Você sentiu medo ou vergonha?

– Como alguém pode sentir isso, depois de tomar meia garrafa de bebida? – tento justificar a minha coragem desinibida.

– Você estava *maravilhosa* naquele palco, acredite.

Sua mão firme aperta a minha e sinto que estou suando demais.

– Para de me deixar constrangida, é sério – minhas bochechas ficam escarlate.

– *Corta essa*, Darla – de repente, ele se vira para mim e me encara nos olhos. – Eu tenho certeza absoluta de que *aquilo* foi a coisa mais divertida que já fez na vida.

– Dançar com um *stripper?* – faço uma expressão de ofendida.

– Não, ser apenas você mesma.

O quê? Não estou acreditando no que os meus ouvidos escutam.

Será que Diego acha que eu sou farsante e oportunista... uma Capitu dissimulada e com olhos de ressaca?

A minha mão se desgruda rapidamente da dele.

– Desculpe – ele abana os braços. – Não me expressei corretamente.

Cruzo os braços, ligeiramente desgostosa com o comentário.

– Quando falei *ser você mesma*, quis dizer que você parecia livre, leve e solta.

– Eu estava toda travada!

– Duvido muito – e ele segura a minha mão. – Não é comum encontrar mulheres tão espirituosas nos dias de hoje.

– Defina *espirituosa* – bem, acho que não entendi mesmo. Não é piada.

Por um instante, Diego avalia a magnitude do que acabo de sugerir. Estamos bem no meio da calçada, alheios à passagem dos veículos, ao clima frio, às luzes de Natal...

– *Apaixonante*... Er... – sinto a sua voz estremecer. – Isso mesmo... *apaixonante*.

Fico incrivelmente muda, trêmula, branca de choque. Tento manter a compostura, mas seu olhar sincero me desarma. Estamos muito próximos, curtindo uma ligação que honestamente começou com uma nota de R$ 100,00 depositada dentro de uma cueca de *stripper* profissional. Muitas mulheres torceriam o nariz, mas até quando desafiaremos a coincidência, o destino e o *nada acontece por acaso*?

– Ouço o seu silêncio, Darla – diz. – Por que não se concentra em mim?

Ele não pode estar falando sério, pode? Agora, minhas bochechas estão aquecidas.

– Meu silêncio é muito quieto, sabia? Então, sem essa de ouvir qualquer coisa.

Diego franze a testa e avalia o meu notável nervosismo.

– Foi apenas um modo de dizer.

Puxa, eu sei o que é um *modo de dizer*!

É uma ênfase que se dá a certas coisas que a gente quer esconder, não é?

Não, acho que isso é metáfora. Ah, sempre confundo uma coisa com a outra.

Deixa para lá.

– Eu sabia, seu bobo – digo, finalmente.

– Só queria entender uma coisa – pela primeira vez, ele solta a minha mão e sinto dormência na ponta dos dedos. – Você é sempre tão distraída ou esta conversa não está sendo agradável o bastante?

– Não é isso – desvio os olhos do dele e tento ser natural. – A conversa está sendo adorável. Parece bobagem, acredite, mas tenho essa mania de ser inconveniente quando a situação não é apropriada.

– Precisamos conversar sobre boas maneiras, então.

– Acho que sim – balanço a cabeça, sorrindo. – O que tem a acrescentar primeiro?

– Que você está tornando a minha noite muito divertida e interessante.

As palavras inesperadas me pegaram desprevenida.

Cá estou eu, com um *stripper* delícia que acabo de conhecer... com a cabeça dando voltas. Por um minuto, procuro caminhos mais acertados para chegar até ele, sem entrar em pânico. Isso é tão constrangedor.

– Não quero estragar tudo.

– Seria impossível – ele diz, aproximando-se de mim até os nossos corpos ficarem bem próximos. – Nenhum de nós quer a culpa de *um dia ruim* no currículo. Além disso, onde mais estaríamos?

Sinto um nó na garganta e percebo que vou chorar. Estou fazendo o maior esforço para não mostrar que geralmente sou uma manteiga derretida à temperatura de 30 graus.

– Tem razão – relaxo os meus ombros e aceito o que a noite nos reserva. – Aqui é o lugar onde quero estar. E também não quero ficar evitando comentar que estou atraída por você.

Ele emoldura o meu rosto com as suas mãos quentes e suspira devagarzinho.

Tudo ao redor deixa de me interessar.

Nesse momento, somos somente nós dois ali, envolvidos, conectados, únicos.

– É proibido negar um sentimento.

– É proibido ficar enrolando – digo, segurando o seu pescoço e puxando seu rosto até mim. – Mas é permitido me beijar.

Sua boca encontra a minha antes mesmo que eu respire. O beijo dele é bom, muito bom, e tem um gostinho de baunilha com hortelã. É refrescante. Meus lábios se movem à medida que nos abraçamos, nos entregamos e sentimos o conforto compartilhado e próprio. As pessoas que passam devem estar perplexas com um beijo tão... tão... como eu posso definir exatamente?... ah, esquece!

Diego é habilidoso com suas mãos e, quando menos espero, seus dedos percorrem a cintura e... Deus, preciso tirar os dedos frenéticos dele da minha cintura rechonchuda!

Sem querer o empurro para trás e ele toma um baita susto.

– O que aconteceu, Darla? – ele pergunta, desconfiado. – Não gostou?

– Sim, gostei! – digo quase gritando, envergonhada. – É que...

Olho apressadamente para os lados da rua, procurando uma desculpa perfeita.

E se ele ficar balançando a minha gordura localizada?

Vejo um rapaz usando um casaquinho maltrapilho e cortado, com um copo de *Coca-Cola* na mão. Estou razoavelmente de queixo caído.

Os mendigos da cidade grande pedem esmolas com copos de *Coca-Cola?*

Cada vez mais, odeio essa tal de globalização.

– Olha só aquele rapazinho aguardando que alguém coloque uma moeda no copo – digo depressa, enquanto vasculho os bolsos à procura de moedas. – Me dá tanta pena.

Só então que acabo de lembrar que não tenho mais dinheiro comigo. Merda.

Ele examina o rapaz, que agora estende o copo para frente.

– Me empresta uma moeda?

– Ah, toma – ele coloca a moeda reluzente na palma da minha mão. Seguro o seu braço com força e começamos a correr pela praça.

Quando chegamos até o rapaz, sorrio gentilmente e jogo a moeda dentro do copo. Estou orgulhosa do meu gesto de boa vontade e, quem sabe, sou digna de um *obrigado* desses bem caprichados.

– Você ficou louca, dona? – o rapaz começa a gritar comigo. – Olha só o que você fez com o meu refrigerante!

O quê? Que bela maneira de agradecer um ato tão generoso quanto... Jesus Cristo! Eu não consigo acreditar que joguei uma moeda dentro de um copo cheio de *Coca-Cola!*

Posso vê-la bem ali, mergulhada no líquido borbulhante e negro.

– E agora? – ele continua gritando comigo. – Era para minha namorada!

Nem sei onde enfiar a minha cara.

Julgando pelas aparências, como sempre.

– Desculpe! – gaguejo e sinto o meu rosto corar. – Eu pensava que...

Paro de falar e estremeço. Era o refrigerante da namorada dele! Por que tinha que associá-lo a um mendigo que está pedindo moedas no meio da rua?

– Não interessa o que a *senhora* pensou! – ele parece obstinado. – Eu só quero o meu refrigerante de volta!

Senhora é o escambau! Para que tanta gritaria?

Tudo bem que eu confundi as suas intenções com aquele copo de *Coca-Cola*, mas isso é fácil de resolver. E também, quanto custa um copo extragrande de refrigerante?

R$ 6,50 ou mais, não é? Não é motivo para esta confusão.

Nem cheguei a arranhar uma bolsa *Michael Kors*, com design inovador.

– Aqui tem dinheiro suficiente para você comprar outro refrigerante extragrande – Diego entrega uma nota dobrada e o rapaz a segura. – Desculpe o acidente. É que minha acompanhante fez uma tremenda confusão.

– *Tá tranquilo*, cara – o outro diz, examinando o dinheiro. – Acontece.

É incrível como os homens se entendem bem. Comigo, gritaria. Com o Diego... os dois estão dizendo gírias e acenando um para o outro, como se fossem companheiros de bar. Ótimo, sem pânico. Observo o rapaz se afastar gingando e, então, eu sou acobertada por uma sensação de puro alívio.

E então Diego se vira rapidamente para mim.

– Pelo amor de Deus, Darla, como você me apronta uma dessas?

Ele está gargalhando da minha intenção de ser caridosa e gentil.

– Eu não tinha como saber, tinha? – respondo sem a menor convicção.

– Confundir um garoto com gosto estranho para roupas com um mendigo – Diego ainda está rindo da minha cara. – Qual é! *Adorei!* Foi muito original.

Agora, sou eu quem está rindo de mim mesma.

Francamente, Darla.

Capítulo Oito

ESPERA UM SEGUNDINHO AÍ. ONDE É QUE EU ESTOU?

Olho para um quarto estranhamente escuro e com as persianas fechadas.

Ouço o barulhinho do tique-taque e, então, começo aos poucos tomar consciência de que acabo de acordar na cama macia e grande de Diego. Tenho uma vaga lembrança de como viemos parar aqui, mas são apenas detalhes de momentos que faço questão de manter atrelados à minha embriaguez.

Ai, minha cabeça dói e dá umas pontadas nos cantos dos olhos!

Tento fazer uma reconstituição da noite passada.

Chegamos em casa, depois de escapar de uma chuva fininha que caía.

Sentamos no sofá – acho que usei o banheiro antes disso –, tivemos uma conversa adulta, que obviamente sugeria um bom vinho *rosé Provence*. Falamos sobre economia emergente, maneiras pragmáticas de esboçar um eficiente orçamento pessoal, equívocos sobre o conceito de economizar para o futuro e sobre poupança planejada.

É impressionante discutir isso com quem entende, o que me deixa muito excitada.

Viro de lado na cama e confiro se tudo está em ordem. Nada quebrado. Diego está de costas para mim, dormindo profundamente de um jeito tão inocente que é impossível não admirá-lo. Observo a sua respiração provocar pequenos feixes de névoa fria. Graças a Deus, ele não tem nenhum arranhão, marcas canibais de dentes ou costelas quebradas. Ainda não consigo acreditar que dormi com um *stripper* de peitoral musculoso e dotes – ah, não entrarei em mínimos detalhes – muito... digamos...*vantajosos*.

Deus, sou oficialmente a própria *Christiane F. – 13 anos, drogada e prostituída.*

Certo, foi só uma brincadeirinha inocente.

De mau gosto, admito, mas eu não sabia ao que me comparar.

Minhas pernas e pescoço doem muito. Estou francamente acabada e sem forças! O que será que ele fez comigo para me deixar assim? Preciso de um pouco de café amargo e algumas torradas *light*, talvez. Com cuidado para não acordá-lo, afasto o lençol para o lado e seguro a borda de madeira da cama. Ela range baixinho.

Droga.

Por sorte, Diego nem se move.

Ótimo, melhor assim.

Deixo o quarto e entro na cozinha, acobertada de frio. Os móveis, pratos e panelas estão impecavelmente arrumados e os panos, aventais e potinhos encimam uma estante de mogno brilhante e conservador. Nossa, que organização!

Estou boquiaberta com as suas habilidades com a cozinha.

Aquilo é uma *máquina para waffles Doural?*

Mamãe sempre diz que, se você quer conhecer a personalidade de alguém, entre na cozinha e observe se ele ou ela tem uma máquina para *waffles* de boa qualidade.

É dinâmica, prática e anima o seu café da manhã.

Depois de fazer suco com a polpa da laranja, abro a geladeira e recolho as sobras de comida, acionando uma das mais tradicionais receitas do mundo – *Soubrô de ontê.*

Ah, é francês. Chique, não é?

Para você ver como são as coisas numa casa alheia.

Aqui estou eu, praticamente gritando com uma torradeira que está me dando um trabalho desnecessário. Ligo e desligo um botão, mas ela não quer funcionar.

Odeio essa torradeira infernal!

Pensando bem, é *Black & Decker*... e tem uma coisinha engraçada que puxa e por onde as torradas deslizam.

Mas de que adianta você ter uma torradeira se ela nem ao menos funciona?

Agora, estou dando batidas nervosas na parte de cima.

– Darla, o que você está fazendo? – Diego surge repentinamente e eu dou um grito de susto. Por muito pouco, não derrubo tudo na pia de mármore amarelado – Por acaso, está brigando com a minha torradeira?

Meu coração está disparado e quase saindo pela boca.

– Ela não quer funcionar, olha! – saio da frente para que Diego veja que não estou exagerando. Não é possível que eu tenha dificuldade em ligar uma torradeira, é? – Acho que está quebrada!

– Isso não é possível. Comprei ainda ontem.

– Pois, então, a torradeira veio com defeito – digo, reprovando sua atitude de não fazer um teste antes de trazer para casa. – Graças a Deus que tem garantia.

Diego olha estupefato para onde estou apontando. Tem uma nota fiscal na caixa e, de todo modo, isso quer dizer que você pode trocar na loja. É perfeitamente normal, não posso culpá-lo pela falta de experiência com essas coisas.

Eu sabia que estava quebrada!

Ele passa por mim e mexe em alguma coisa por trás da pia.

Estou orgulhosa da minha inteligência doméstica que mal ouço o apito indicando que a torradeira funciona. *O quê? Esse troço funciona?*

Então percebo o olhar divertido de Diego para a tomada.

Esqueci de ligar a maldita tomada. Não, não, não!

– Eu... eu não tenho muito costume com torradeiras – acrescento, descrente.

Já aguardo uma risada. E será bem feito!

No entanto, ele me abraça, espreme meu corpo contra a pia e me beija nos lábios.

– Vai ficar para tomar café comigo, não vai?

Será que devo? Honestamente... devo, sim.

– Claro! – respondo, servindo dois copos com suco de laranja. – Ah, foi o melhor que eu pude fazer com o que sobrou na geladeira – e acrescento, após notar que ele está encarando a comida improvisada.

– Parece incrível! O cheiro está maravilhoso, Darla – ele diz, sentando na cadeira de espaldar alto. Faço o mesmo. – Hum... melhor do que qualquer coisa que eu mesmo faça. Nessas horas, a gente sente a falta de uma presença feminina.

– Contrate uma diarista – sugiro.

– Diaristas dificilmente cozinham.

– Que tal uma empregada?

– Elas são particularmente caras, mas admito que cuidam bem da gente.

– Quando se tornam amantes, então... – provoco de propósito, apenas para ver sua reação. Para a minha surpresa, Diego continua concentrado na comida. – Você ouviu o que eu disse?

– Ouvi.

– E o que tem a dizer a respeito de empregadas que se tornam amantes?

– Sorte dos homens que conseguem – a sua resposta foi áspera e precisa.

– E se acontecesse com você?

– Pode parar por aí, mocinha – ele lambe os dedos engordurados e, em seguida, os lábios. – Já sei exatamente aonde quer chegar com esse interrogatório.

Droga, ele descobriu a minha jogada de mestre. Por falar nele, Diego ainda está de cueca boxer preta – com inclinadas listras brancas que lembram a marca da *Übber*.

Olho disfarçadamente e esqueço de respirar.

– Nunca conheci uma mulher que desfila toda empacotada, depois de dormir com um homem – Diego diz, com os olhos devoradores grudados em mim

– É decente, para sua informação – digo, cruzando ligeiramente as pernas. – Tudo isso é em prol do *controle científico de natalidade* a que todos os noticiários se referem.

– Não estou bem certo do que isso significa, mas se é o que está dizendo...

– É um padrão da sociedade. Fique à vontade para fazer o mesmo, se quiser.

Diego está estranhamente paralisado e com o maxilar caído.

– E que fique muito claro que não é uma crítica.

– Perdoado por isso.

– Sabe, Darla, ontem foi... fantástico! Como consegue ser tão divertida na cama?

Por que ele sempre tem que fazer essas perguntas inconvenientes?

– É a minha natureza espontânea – quanta modéstia. Mentirosa. Tento distraí-lo o melhor que posso abrindo um sorriso de castor e, ao mesmo tempo, jogando os cabelos rapidamente para os lados.

– E a história de *metamorfose ambulante*? Você falou disso a noite toda, enquanto estávamos... bem, você sabe.

Odeio a memória dele. A tal *metamorfose ambulante* era, na verdade, um pretexto para que Diego ficasse rindo em tempo integral e não olhasse para minhas pernas cheias de celulite, estria e gordura localizada. Era para ser um segredo carregado de vergonha.

– Já superei.

– Inclusive *aquilo* de fazer amor apenas clareados pela luz fraca de um celular?

– É romântico! – digo, rispidamente. – Vi no programa sobre sexo seguro que isso ajuda o casal a relaxar e prolongar o prazer por umas... duas horas. Mais ou menos.

– Não é, não – ele rebate. – É curioso, mas ainda assim... divertido.

Após o café da manhã, ele me convidou para acompanhá-lo até o supermercado e, obviamente, fiquei encarregada de fazer uma lista de compras. O prédio fica a uma curta distância da casa do Diego e é espetacularmente enorme, compartimentado e abarrotado de prateleiras sortidas de tudo que você possa imaginar – menos grifes e perfumes, claro. É iluminado, espaçoso, arejado e as pessoas não precisam enfrentar compridas filas para ficarem satisfeitas.

Que estranho, não é?

Estou pensando a mesmíssima coisa.

É a semana do Natal e tudo parece tão sossegado e convidativo. Eu poderia morar neste lugar, colocar a minha cama exatamente ao lado da seção de TVs tela plana, meus guarda-sapatos na área de conservantes e, ah, poderia construir minha suíte no depósito. Ainda assim, sobraria bastante espaço.

Bem, deixaria alguns metros quadrados para uma garagem, piscina, uma pista de *cooper* e uma quadra de tênis. E, talvez, um lugar para o *spinning*.

Ah, meu Deus, agora tenho o meu próprio projeto dos sonhos!

– O que você sugere? – Diego está segurando dois sabonetes. – Leite ou hortelã?

É *Dove*. Combina com qualquer tipo de pele.

– Leite para uma pele macia – leio a embalagem sem demonstrar tanto interesse. – Hortelã para uma atração irresistível. Hum... melhor escolher hortelã.

Ele sorri, agradece e desaparece na seção de loção para a barba e toalhas de rosto, empurrando um carrinho de compras ainda preenchida com poucos itens da minha lista.

Talvez eu devesse ficar perto dele.

Então meu celular emite aquele sonzinho de quando alguém me chama no *chat* do Facebook. Olho para o monitor, apreensiva.

Bruna: Vc me deve um "mt obgd!". Onde vc tá?

Começo a apertar as teclas com força. Ainda não tinha falado com Bruna sobre os acontecimentos recentes. Nem com ela, nem meus pais, Vicky, Cristina, nem *ninguém*. E também ainda não li trechos de *Marley & Eu*... antes de Au-Au pegar no sono.

Darla: Estou no supermercado com Diego (o mascarado). Ele é tão gostoso.

Bruna: Dormiu na casa dele?

Darla: Sim, dormi! Onde vc tá agora?

Bruna: Escondida no banheiro da loja. Se me pegam teclando, tô ferrada.

Darla: Vou m encontrar c/ ele + tarde. Preciso d ajuda.

Bruna: Fala aí.

Darla: Roupa despojada ou moda Xeilinha Maçaneta?

Bruna: Quem é Xeilinha Maçaneta?

Darla: Uma biscate exibida q mora na minha rua.

Bruna: kkkkkkkkkkkkk... ñ é seu perfil.

Darla: E aí?

Bruna está digitando...

Darla: Cadê vc?

Bruna: Qual a situação?

Darla: Jantar na ksa dele.

Bruna: Já sei! Casaco, calça jeans e botinas *Hogan*. É perfeito.

Darla: Ñ tenho botinas *Hogan*. Preciso urgente!

Bruna: S quiser, vejo aki e deixo na recepção do hotel.

Darla: Vc faria isso p/ mim?

Bruna: Claro! Vou levar uma lingerie, blza?

Darla: Obgd, amiga! Depois a gnt acerta.

Bruna: Agora vc agradece, né? Praia amanha? Dia d folga.

Darla: Combinado. Tchau.

Guardo o celular no bolso, sentindo uma pontinha de confiança. Bruna está sendo tão dedicada e amiga – como sempre –, que preciso recompensá-la de alguma maneira. Nossa, mal consigo me concentrar com a imagem da combinação de *Gucci*, *Hogan* e um *Golden Goose*. Mesmo com os probleminhas do cartão de crédito suspenso por falta de pagamento, penso que Diego vale o sacrifício.

Às vezes, a gente precisa se sacrificar para conquistar certas coisas.

E, também, eu tenho aquele dinheiro do cheque, não tenho?

Mas não tenho botinas *Hogan*.

Enquanto almoçamos num aconchegante restaurante que fica no mesmo caminho da casa de Diego, estou olhando para ele, suspirando, sem ainda acreditar na reviravolta e no rumo que a minha vida amorosa alcançou. Devo acrescentar que o destino – leia-se Deus – está sendo muito generoso comigo, porque, tudo bem... ele é um *stripper* e, cedo ou tarde, vamos ter alguns problemas por isso, mas tudo na vida é negociável.

Pensando bem, nem tudo é negociável.

Você não pode negociar um colar de esmeraldas ou algo da *Marc Jacobs*, da nova coleção de inverno, pode? Semana passada, por exemplo, surgiu o conflito de interesse entre uma granfina e mim, quando seguramos – no mesmo instante – um relógio *Breil*. Ela não queria largá-lo, então fiz escândalo e ameacei denunciá-la para os traficantes.

Resultado: nenhuma de nós levou o relógio. Ela, porque saiu correndo.

Eu, porque só estava olhando mesmo. Achei bonitinho e digno do meu braço.

– Acho que não precisava comprar tantas cenouras – ele diz, dando uma colherada no arroz com aspargos. – Ao final da noite, seremos dois coelhinhos dentuços.

– Engraçadinho... – tento parecer cheia de confiança. – Não existe jantar sem uma boa salada de verduras e folhas. É como não tomar uma taça de vinho, no Natal.

– Eu sabia que estava esquecendo a droga do vinho! – de repente, Diego bate com a mão na testa. – E agora?

O olhar de Diego está sobressalente, confuso e apertado.

– A gente improvisa.

– Improvisa com *o quê*?

– Sei lá – dou de ombros, pensando em alguma coisa. – Talvez aqueles suquinhos artificiais... aqueles de vários sabores, que vêm no pacote.

– Pra sua informação – ele diz, erguendo o indicador –, aquilo é muito prejudicial.

– Péssima ideia, então.

Ele está olhando para o cardápio e procurando algo na seção de bebidas. Há várias pessoas sentadas em mesas próximas, conversando sobre aplicações financeiras, década perdida e *Compre direto da China*.

Ouço quando um senhor todo paramentado com um paletó bem cortado (provavelmente um *Harris*) cochicha para o outro colega de almoço sobre aquela coceira insuportável que ele está tendo no... – Jesus Cristo, estou vermelha de tanta vergonha! As pessoas são absurdamente vulgares e não sabem mais guardar os próprios segredos.

Imagine eu contando que Andrea, minha irmã, tem um pinguelo no... ah, esquece!

Acabei de inventar isso, mas bem que poderia ser verdade.

– Eles não vendem vinho, aqui? – pergunto, rapidamente.

– Não, só alguns tipos de sucos *naturais*, refrigerante e... bem... eles têm cerveja.

– Cerveja parece ótimo.

– É cerveja preta. Malzbier. Doce. Teor alcoólico de 3,5%. Perfeito!

– Odeio esses restaurantes que limitam o desejo das pessoas.

– E quase não tem fermentação – ele insiste, sem tirar os olhos do cardápio.

– Brochante.

– É um energético para momentos de grande esforço físico.

– Ainda não estamos no Carnaval – digo, dando risadas.

– Tem caramelo e xarope de açúcar.

– Engorda uns dez quilos.

Ele fecha o cardápio e me encara com seriedade.

– Pesquisa de grande confiança comprova que cerca de 85% dos consumidores de Malzbier são modelos famosas da *Victoria's Secret*.

– Ah, Deus – dou um grito e quase caio da cadeira –, então leve doze garrafinhas!

Diego ri vitorioso e, em seguida, carinhosamente acaricia minha mão.

De repente, sinto que meu código de entendimento acaba de ser descoberto.

Agora, estou parecendo uma pessoa nua.

– Estava *só* brincando com você! – digo, a meu favor. – Eu gosto de Malzbier.

– E eu estava *só* brincando sobre as modelos famosas.

E sua perna toca a minha por baixo da mesa.

Não grite, não grite. Isso não é nada demais. Você pode pagar. Você pode usar e – sem se esquecer disso –, você vai arrasar.

Meus olhos rapidamente se enchem de lágrimas, enquanto ainda seguro as botinas *Hogan* que a Bruna deixou numa linda embalagem, na recepção do hotel, para que eu pegasse. Tudo bem que são elegantes e confortáveis, mas custarem *este* valor que está impresso na etiqueta, meu Deus, é praticamente um assalto a mão armada!

Quero ligar para Bruna, gritar e perguntar se ela perdeu a noção e o amor à vida.

Abro o embrulho com a lingerie e, então... – o quarto começa a girar.

Por um momento de incredulidade e choque, sinto que estou prestes a desmaiar.

O preço até que é bem razoável. Tem uma camisola bonita. Seguro a calcinha com tonalidades e fitinhas roxas, e minha mão livre treme e cobre a boca de espanto.

Pra que diabos serve esta pequena abertura na frente e este alongamento?

Não vou usar de jeito nenhum!

É... é uma calcinha com a tromba de tecido transparente!

Francamente, no que Bruna estava pensando? Estou tremendo demais. Claro que Diego vai rir da minha cara!

Começo a sentir o meu mundo ceder.

Vicky e Cristina sempre comentam que é a melhor coisa do mundo ser ousada, divertida e inovadora. O parceiro adora essas novidades e variedades, no sexo, sem dar a impressão de que está gostando de uma coisa estranha.

Mas, em que planeta, um homem vai achar interessante uma mulher vestindo uma calcinha com tromba? Procuro o celular e furiosamente digito para Bruna.

Darla: Ñ acredito q mandou isto!

Parece que Bruna estava adivinhando que eu não gostaria, porque logo responde:

Bruna: Eu sabia q vc ia amar, amiga. Ñ é o máximo?
Darla: É ridículo! Vc estragou minha noite.
Bruna: Dramática. Use. Os homens babam.
Darla: Por calcinha de tromba?!
Bruna: Sim. É moda.
Darla: Q moda? Moda para elefante?
Bruna: Moda d gente kbça.
Darla: Ñ vou usar esta calcinha!
Bruna: Vai p/ mim. Use. Praia amanhã – 9h
Darla: Ñ se atreva a desconectar.
Bruna: E vá sem arma. Divirta-se.
Darla: Devia ter mandando uma fralda geriátrica!

Bruna desconectou do bate-papo.

Posso definitivamente não usar *esta* calcinha. O mundo não precisa acabar porque alguém teve a ideia de sugerir um absurdo. Meu corpo afunda ainda mais na água morna da banheira de mármore do hotel e, enquanto a espuma toca minha pele nua e deixa um cheiro adocicado de crisântemos, a música do One Direction retumba pelas paredes e se concentra nos meus ouvidos. É linda, composta em acordes de violão e cantada por uma bela voz jovem, dessas que traz à memória os melhores momentos de sua vida.

O filme emocionante da minha história está passando diante de meus olhos.

Vejo meus pais sorrindo e fotografando eu e Andrea.

Eu devia ter seis anos, mas consigo recordar com perfeição e nitidez essa imagem. Vejo as amigas de escola e todas nós estamos nos concentrando nas tarefas de pintura e cálculo (era um desastre substituir a raiz quadrada por algo que ninguém compreendia). Vejo grandes sonhos passarem em recortes – ah, e as minhas metas do ano.

Consigo acompanhá-las, mas a maioria delas é tão assustadoramente distante que só acontece mesmo na minha cabeça.

Não é pecado sonhar. É o conforto para a alma. Só porque algumas pessoas acham que seus sonhos são supérfluos e inacreditavelmente fora da realidade, isso não significa que é impossível alcançá-los. Você pode se apegar à sua confiança. Papai costuma dizer que a confiança é uma virtude que precisa ser cultivada no coração e nunca abandonada à própria sorte. Eu idealizo que cada instante particular que acontece na vida – inclusive os desvios e as derrotas comuns – é como o estágio que antecede a plenitude da realização.

Engraçado.

Uns têm tanto, enquanto outros apenas sonham.

Deixo minha cabeça tocar a água perfumada e, por um minuto, permaneço quieta com os pensamentos e a música continua embalando a noite. Fecho os olhos e lágrimas escorrem pelo rosto. São lágrimas felizes.

São lágrimas de agradecimento por coisas boas que tenho recebido e conquistado.

São as lágrimas que você derrama quando se sente acolhido e privilegiado.

Quando Deus escuta você, quando uma casa passa por uma reforma acolhedora, quando um milagre acontece, e quando você é tocado e tem certeza de que alguém se importa com suas escolhas acertadas.

Não é um sentimento vazio, sabe?

Olhe só, estou chorando feito uma garotinha boba e mimada... mas você entende e compartilha. No fundo, e nunca disse isso, adoro revelar pequenos e divertidos detalhes sobre mim, imaginando se a sua vida é também tão entusiasmada, surpreendente e cheia de vibrações. Espero sinceramente que seja.

E se não for, vamos combinar um detalhe – um simples e único detalhe.

Como um código de irmandade que nunca poderá ser quebrado, tudo bem?

Ótimo. Maravilhoso.

Não deixe os dias ruins atormentarem a sua tranquilidade.

Tenha harmonia e equilíbrio (não, não... esqueça as suas aulas de ioga mental).

Se você ainda está sofrendo porque seu *grande e milagroso acontecimento* ainda não despontou no horizonte, não se desespere.

Aguarde. Isso mesmo, só aguarde.

E confie.

Capítulo Nove

MEU DEUS, SOU TERRIVELMENTE A ABOBRINHA DAS ABOBRINHAS.

Abobrinha = tapada (unidade solitária).

Abobrinhas = universo matemático das tapadas (milhares de unidades, é claro).

Isso é um fato, e eu obviamente preciso conviver com o peso da minha escolha – a escolha de ter simplesmente vestido *aquela* calcinha ridícula.

Não que não tenha qualquer ideia em mente para distraí-lo na cama, mas manter a cabeça de Diego ocupada com uma piada é tentar um suicídio. Não a essa altura, em que estamos nos divertindo durante o jantar, enquanto detalho minuciosamente o episódio sobre minha insistência em preparar meu primeiro prato de Natal.

Diego está vermelho de tanto rir.

Honestamente, qual o problema de servir o peru embalado em pedaços de papel?

Estava apenas seguindo a receita da vovó e tenho absoluta certeza de que lá dizia o seguinte: *conservar o peru em ambiente seco, antes de servir.*

– Eu tinha só 13 anos! – digo, irritada. – E era o meu primeiro peru!

– Onde já se viu secar o peru com papel – Diego caçoa de mim, sem parar de rir.

– Fique sabendo que, hoje em dia, meu peru é o mais saboroso do bairro – rebato, com ar de importância e orgulho. Estou craque em mentir para disfarçar meu desastre na cozinha. – Até mesmo as autoridades elogiam.

– Não tenho coragem de duvidar disso.

– Qual é seu problema? – pergunto, impaciente e ligeiramente revirando os olhos.

– Nada, só gosto de saber que as mulheres também podem se enganar.

Não quero simplesmente acreditar que isso foi extremamente preconceituoso.

Ele deve estar se sentindo intimidado ou precisa de argumentos convincentes para reconhecer que somos planejadas e seguras. O mal dos homens é esperar uma abertura, quando, na verdade, eles deveriam realmente pedir alguns conselhos sobre o instante de avançar sem causar traumas mais sérios ou consequências desastrosas.

– Só existe *um* assunto capaz de provocar o engano nas mulheres – digo, com um sorriso pomposo e confiante. Boa, Darla, boa!

– Homens?

– Não seja tão pretensioso.

– Saber que está acima do peso?

– Resposta decorada – estou rindo. – Você ouviu isso no *De Frente com Gabi?*

– Já sei! – ele exclama, cem por cento certo do seu chute. – Entrar numa loja e não sair com nada nas mãos. Acertei, não foi?

– Isso nos traz realizações... e não engano. Na verdade, estamos passando por uma fase de transição moderna, em que comprar é atualmente uma necessidade acessória.

Até parece. Deus, o que estou dizendo?

Consegue imaginar uma mulher saindo de uma loja de mãos abanando?

É uma ideia assustadora.

Sugere que estamos na penúria... e nossas amigas e inimigas vão rir de nós.

– Então, o que é?

– Pílulas!

– *Pílulas?*

– Sim, pílulas – digo, sem me mexer. Por que cargas-d'água eu disse *pílulas*? – A mulher não é muito suscetível a pílulas.

– Você está falando dessas pílulas emagrecedoras recém-criadas, que passam nos noticiários o tempo inteiro?

– Sim! São verdadeiras *bombas calóricas.*

Ele está me fitando de uma maneira curiosa. Tomo mais um gole da cerveja preta.

– Como podem ser calóricas se são usadas para emagrecer?

– Elas são... er... são... Ah, *placebo*! – digo, quase gritando. – O emagrecimento é provocado por um interesse psicológico e as pílulas são apenas... *de mentirinha.*

Definitivamente, sou ótima em desculpas de última hora.

Nossa, quanto orgulho!

Diego esboça um tímido trejeito interessante no canto da boca, e vou entender isso como um *vamos mudar de assunto*. Fico girando, girando e girando o garfo no prato, colhendo mais macarrão, aguardando que ele diga algo. Mas Diego continua olhando e analisando o meu comportamento. Largo o garfo, aparentemente ansiosa, e dirijo minha atenção para a taça com cerveja preta.

É doce e tem um gostinho de amora ressecada.

– Darla – ele me chama e ergo a cabeça devagar –, posso fazer uma pergunta?

– Hum.

– Por que é tão maravilhoso conversar com você?

Estou totalmente enrubescida e me sentindo a última *Coca-Cola* do deserto.

– Não quero passar a impressão de que sou convencida, ou coisa assim.

Pensando bem, quero revelar animadamente que é maravilhoso conversar comigo porque sou a *melhor companhia do mercado dos relacionamentos.*

É uma vantagem.

– Temos conversas espontâneas – Diego diz –, e achamos isso engraçado. É como se parte de nós estivesse interessada em descobrir coisas novas.

– É adorável ficar assim... e não se preocupar.

– Agradeça à nossa sintonia – ele limpa a garganta. – Quero dizer, embora você se comporte como uma *menina travessa*, em alguns casos, admito que isso também acaba me distraindo. Isso me deixa ainda mais vidrado e te torna ainda mais interessante.

– Não sei como consegue ser tão paciente. Só te faço passar vergonha.

Ele sorri e eu me derreto toda. As minhas calotas polares estão bastante aquecidas.

– Não, Darla, você é uma mulher incrível.

– Incrivelmente desastrada.

– Faz parte do pacote.

– Boa resposta.

– Nem tão boa assim – diz ele, todo empolgado.

– Razoável, então.

– Parece melhor.

– Você sempre morou sozinho? – pergunto, curiosa.

– Faz um pouco mais de um ano que me mudei para cá – diz. – Meus pais ficaram na costa leste de Penhambu, uma pacata cidadezinha de interior.

– Adoro cidadezinhas de interior. São muito quietas.

– E particularmente atrasadas. É um grande problema.

– Concordo que, às vezes, a vida precisa de um pouco mais de agitação – digo.

– Sim, mas não se engane – Diego está apoiado nos cotovelos. – Uma vida agitada demais é muito estressante.

– Ainda bem que você fala isso com propriedade.

– Até mesmo os *strippers* precisam descansar.

Dou risada e começo a relaxar na cadeira.

– Bom, falando nisso, como é que você foi parar numa boate de *stripper*, com mulheres gritando e chorando o tempo todo?

– Não foi uma escolha simples – Diego balança a cabeça. – No começo, meus pais não aceitavam a decisão, mas acabaram renunciando conforme perceberam rapidamente que eu havia crescido e precisava fazer as minhas próprias escolhas. Não interessa se fiz a coisa certa, mas, naquela época, fiquei deslumbrado com a oferta. E por aceitar, é isso o que tem pagado as minhas contas.

– Eu ia dizer que você caiu e *bateu* com a cabeça na calçada. Parece mais lógico.

– Parece justo – Diego concorda, rindo.

– Quando o vi dançando naquele palco, percebi que leva mesmo o maior jeito.

– Precisamos procurar um médico.

– *Um médico?* – digo, com um ar preocupado. – Está passando mal?

Ele levanta-se da cadeira e fica muito próximo de mim. Segura a minha mão, com firmeza, e me olha profundamente nos olhos.

– Não é comum ouvir um elogio seu.

– Ah, para com isso – digo, abraçando o seu pescoço. – Não sou tão ruim assim.

– Pelo contrário – e segura minha nuca e me traz para perto do rosto malicioso –, *maldade* é a sua marca pessoal.

– Como posso fazê-lo mudar de ideia a meu respeito?

Diego faz escorregar a alça do vestido com o dedo e beija meu ombro exposto.

– Acha que assim está bom?

– Não vejo outro modo – respondo, com uma voz caprichosa.

A alça desce mais um pouco e minhas costas ficam retesadas, enquanto ele morde e arranha com delicadeza, para não deixar marcas de riscos estirados das unhas.

Ele está me deitando cuidadosamente aqui, é isso?

Minhas pernas estão entrelaçadas, mas Diego aplica pressão sobre elas, deitando sobre mim. Nossas bocas parecem incontroláveis. Ele puxa o vestido e, então, alguma coisa cede de vez e escapa de suas mãos.

Por um instante breve, ele está olhando para mim... até notar a *calcinha de tromba* na minha cintura!

Ah, meu Deus, fui descoberta!

Não consigo pegar o travesseiro a tempo para me cobrir e, de repente, sinto que vou desmaiar, diante dele... com *calcinha de tromba* e tudo. Acabo de perceber que meu sutiã de rendinhas rosadas não causou o efeito que desejava, mas também quem olharia para um sutiã qualquer quando se tem um motivo para apontar gargalhando e dar no pé?

Não sem antes registrar tudo e postar no Youtube.

Já vejo milhares de acesso.

Fico em silêncio, e meus olhos rapidamente murcham.

Merda, merda, merda.

– Darla, eu... – ele fica mudo e sua boca congela. – Eu não sei nem o que dizer...

Dou um pulo cheio de agilidade do sofazinho de veludo lilás e fico de frente para Diego, com aquele negócio de tecido balançando... para lá... e para cá.

Para lá. E para cá. Eu quero morrer.

A minha mente está dando inúmeras voltas e as minhas bochechas perderam a cor.

Não tenho para onde correr, tenho?

Preciso encarar e enfrentar a realidade como uma mulher determinada. Não, não e não! Não com ele me olhando assim. Estou prestes a dar um salto acrobático em direção à janela do último andar e sair voando com asinhas assustadas de uma borboleta.

Não, borboletas são muito delicadas. Asas de morcego.

Puxa vida, já sei! Sou um tremendo estouro de inteligência pura!

– Era exatamente a *reação* que eu esperava!

Diego pisca desorientado, sem entender aonde quero chegar.

A tromba da calcinha começa a dar coceiras e fico me mexendo.

Pare de balançar, negócio estúpido!

– *O quê...* – ele gagueja, cheio de incredulidade. – Do que você *tá* falando, Darla?

– É um teste de produto erótico novo! Não percebeu ainda?

O queixo dele definitivamente despenca. Isso! Isso, garota esperta!

– Produto *o quê*? – ele continua sentado, olhando para a calcinha, de boca aberta.

– Erótico! – digo, extremamente confiante e nervosa. – Para apimentar a relação. Nunca viu? Chicotes tailandeses, calcinhas comestíveis, bolas com cheirinho de *spray* e *Chillibeans*. Pelo amor de Deus, isso aqui é tão descolado e moderno!

– Claro que já vi, mas... – Diego ainda gagueja.

Nossa, por que ele está tão impressionado e assustado? Só estou vestindo *isto*!

Até que não é nada demais.

– É demais para você, não é? – digo, cruzando os braços.

– Não! Eu só... – balança a cabeça e começa a rir. – Esquece! Eu só fiquei... meio surpreso. Não esperava tanto.

Para meu desespero, Diego cai na gargalhada.

– Eu aqui, praticamente nua... e você *rindo* da minha cara! – grito, irritada.

– O *efeito surpresa* ainda não passou – ele estende a mão para mim. – Vem cá. Eu acho que um pouco de surpresa é fundamental para o entendimento.

Viro de costas, para fazer qualquer charme.

As mulheres precisam fazer uma cena, às vezes, não precisam?

– *Qual é*, Darla! Não faz isso. Tudo bem – ele começa a agitar a mão –, a calcinha erótica é espetacular. Causou uma boa, aliás, uma ótima impressão. Só fiquei surpreso porque não estou habituado a ver mulheres tão descoladas assim. Mas eu amei!

Ele sorri e novamente estende a mão para que eu a segure.

– Jura? – pergunto, insegura.

– Pode acreditar que sim – ele pisca e, agora, abre os braços inteiramente.

Meus ombros encolhem e caem. Sou uma molenga que não consegue resistir a um homem perfeito, atraente e sincero. E quem mencionou que preciso ser forte e segura o tempo todo? Eu quero mais é pular nos braços dele e esquecer o mundo.

– Não era *teste* de produto erótico, se quer saber – dou uma risadinha dissimulada. – Eu menti. Agora é a sua vez de mentir sobre alguma coisa.

– Ah, malandra! – ele levanta-se, segura forte a minha cintura e me ergue do chão. Em poucos segundos, Diego me deita suavemente na cama, beija os meus lábios, fica ao lado e me olha amavelmente nos olhos. – Hoje, eu só quero lhe dizer *verdades*.

– Verdades de que tipo?

– A verdade de estar *fissurado* em você, por exemplo.

– Você não deve estar falando sério – viro o rosto para ele, emocionada. – Está?

– Parece tão complicado assim de enxergar a verdade em meus olhos?

Meu coração bate acelerado. Diego aninha seu imenso corpo ao meu e sinto que está pulsante e ansioso. Ele afaga meus cabelos devagar e, como distração, fico mexendo na sua cueca *D'uomo*. Ah, é surpreendentemente perfeita!

E tem um D costurado na frente. É coisa do destino, só pode ser.

De repente, lábios molhados encontram a minha boca e perco o fôlego.

Bem, a noite poderia ter sido perfeita. Mas, tente adivinhar como tudo acaba?

Isso aí! Acertou.

Termina obviamente comigo dando os meus habituais ataques de cãibra e tendo crise de lágrimas completamente desnecessária só porque Diego disse, no pé do ouvido, que estava sendo *despeitada* ao afirmar que é impossível fazer fundos dos investimentos e economizar em longo prazo. Tipo assim, eu disse que economia pessoal não é fácil de controlar, porque somos geralmente ignorantes e suscetíveis a gastar com uma ou outra coisa sem cabimento.

Lógico, não sou tão ignorante e minhas contas e dívidas só... er... – como eu posso dizer? –... ah, é final de ano, não é? Ninguém se dá o luxo de economizar no Natal, com tantas ofertas megaprocuradas e megairresistíveis.

Ninguém consegue dar conta de tantas compras, no final de ano, consegue?

Bom, eu não consigo.

Só que depois fico evidentemente livre e com a ficha limpa.

Quer dizer, teve aquela vez constrangedora em que fui parar no banco de dados do SPC/Serasa – e ainda recebi uma carta mal encarada sendo chamada de *caloteira*.

Puxa vida, só eram 500 reais e, de todo modo, o que aquela loja faria com esse dinheiro todo?

Enfim, estou ligeiramente ofendida com Diego. Ele me chamou de *despeitada*! Eu olho para baixo, avaliando meus seios apertados sob o sutiã e sinto vontade de chorar. E nunca fui tão humilhada, ofendida, pisada, diminuída e... e... bulinada (seja lá o que isso signifique). Posso ser tudo de horrível, menos uma mulher despeitada.

Posso ser megera, bruxa com um sinalzinho nojento no nariz, cara de Lia, a Paris Hilton depois da miséria, tanto faz.

Onde já se viu elogiar meu desempenho na cama, e depois soltar *uma* dessas!

Que sou despeitada!

Quero arrancar cada pedaço dele com minhas unhas pintadas de vermelho!

Ah, definitivamente o abomino e quero lançar um *Avada Kedavra* no Diego!

Tudo bem, Darla. Respire fundo, controle-se e seja espontânea. Seja você mesma, apenas você mesma. Olho encolerizada para Diego, que está tentando desesperadamente explicar algo que eu não faço a menor questão de ouvir.

Hahahaha. Eu, Darla, despeitada. Essa foi boa. Uma mulher sem peitos.

Só o que faltava mesmo.

P.S.: Por que ele não disse que eu era uma *invejosa*, em vez de uma *despeitada*?

Quero ser uma ema e enfiar minha cabeça num buraco.

É o cúmulo da inteligência – e da ignorância, eu admito – pensar que uma mulher despeitada é uma mulher sem peitos. Ô, pessoinha burra do cão!

Capítulo Dez

AH, MINHA NOSSA, EU SIMPLESMENTE CONSEGUI! DOIS QUILOS!

Desço da balança, tremendo, ofuscada e inteiramente comovida com o indicador. Há uma espécie de animação contagiante dentro de mim e, por mais que tente explodir e me revelar com transparência, admito que tudo isso é resultado de um esforço que me fez sonhar e desejar perder alguns quilos que, bem... acho que perdi. Talvez tenha sido uma disposição psicológica que afetou diretamente partes do meu corpo e, em resposta, tudo começou a conspirar ao meu favor. E então, após dias de peleja e engasgos, cá estou eu dois quilos mais magra, disposta e radiante como a luz do Sol.

É o que, no fundo, todas nós desejamos – sair gritando para o mundo a felicidade que é estar dois quilos mais magra. Puxa, parece sonho! Deixei de ser um botijãozinho mal acostumado! Melhor, deixei de ser uma baleia orca.

Pensando bem, deixei de ser uma bola de assopro amarela, peluda e flácida.

Quero pular, arrancar alguns fios de cabelo, tomar uma garrafa inteira de vodca drops e, de quebra, comprar alguma coisa. Deus, como preciso de uma roupa nova para melhorar ainda mais o meu astral. Ah, necessito de uma *daquelas* correntes da *Jacobs*. Vi a Jennifer Lawrence enfeitando o seu lindo e magro pescoço com um brilhante *Jacobs* e quase tive um princípio de ataque cardíaco.

E, também, necessito de *Prada*, echarpe *Gianfranco Ferrè, Jimmy Choo, Burberry, Valentino, Colcci, Galliano, Dolce & Gabbana*, enfim...

São tantas peças para renovar o guarda-roupa, que até fico desnorteada e ofegante.

Acabo de lembrar que não é possível ter nem um peniquinho para Au-Au, menos ainda um acessório de beleza caríssimo de qualquer dessas marcas. E tudo é culpa de quem?

Diga. Vamos lá... não deve ser tão difícil chegar à mesma conclusão.

Da economia.

Por que diabos *as necessidades são ilimitadas e os recursos escassos*?

Eu simplesmente quero mudar isso e carimbar o meu nome na história. Já até vejo todos os principais jornais de economia – *Financial Times*, de preferência – discursando sobre o ótimo desempenho da minha iniciativa, enquanto acontece o prestigiado fórum mundial com os economistas de todos os cantos do mundo. Eles iriam sorrir para mim, segurar a minha mão e brindaríamos com champanhe. Uau!

As pessoas acenariam, agradecidas, porque poderiam comprar o que quisessem e quando quisessem. Eu sou demais!

Deus, por que fui abandonar o primeiro período de economia, na universidade?

Continuo caminhando pela calçada iluminada pelo pouco Sol que recai sobre toda a cidade – há diversas nuvens densas e caprichadas atravessando a maior parte do céu –, ofuscada e maravilhada com a manhã de terça-feira. Não há grande movimento nas ruas e esquinas, onde é possível encontrar pessoas conversando.

Pelo contrário, estou sendo acompanhada apenas pelos casarões, comércios e por um cachorrinho da raça pequinês que está, sem notar a minha presença, fazendo um xixi fedorento num poste. De repente, vejo o mar e pássaros sobrevoando as águas calmas.

Bruna acena do outro lado da calçada, vestida numa vistosa minissaia cor-de-rosa com limão e uma camiseta branca.

– Darla, aqui! – ela grita, enquanto os carros passam velozmente pela avenida. – O mar está perfeito!

– Oi! – digo, dando um abraço e, em seguida, uma chave de braço em Bruna. – Eu devia simplesmente *esganar* você, *sua louca*! De onde tirou a ideia de fazer com que eu vestisse uma calcinha com tromba?

– Na verdade, foi genial! – exclama, cinicamente. – Aposto que o mascarado ficou de queixo caído, não ficou?

– Não! Ele ficou mudo e branco de choque. Quase desmaiou, inclusive.

– Não seja dramática, Darla – diz. – Os homens não se assustam facilmente... Eles amam isso. É como se voltassem de um dia estressante de trabalho, e você estivesse nua e completamente coberta de aperitivos. Eles esquecem tudo e partem para cima.

Bruna é tão espirituosa e assanhada. Mas, pensando bem, é humanamente possível ficar nua e me cobrir de comida. É, digamos... muito diferente.

– Que teoria ridícula, mas é uma tentativa interessante.

– Não é ridículo... é *charmoso*. E uma marca de apelo pessoal.

– Bruna, você não pode sair por aí sugerindo essas coisas, porque é constrangedor – digo, tentando parecer digna. – E se Diego tivesse pensado que sou uma cafona?

– No mínimo, ele pensaria que você é autêntica. E você deveria estar agradecida.

Seguro um risadinha destrambelhada e sou obrigada a concordar com o humor de Bruna. Ela dá um tapinha em meus ombros e começamos a armar a nossa barraquinha e a mesa de fórmica. Por precaução. Parece que o Sol ameaça aparecer por trás das nuvens cinzentas a qualquer momento. Bruna se desfaz rapidamente de suas roupas e agora está de biquíni fio dental azulado. Meu queixo despenca com a sua boa forma e saúde.

Deus, ela é impossivelmente perfeita e invejável.

Olha só a barriguinha lisa e... o que é *aquilo* desenhado na altura do umbigo?

– O dragão chinês! – grito, apontando o dedo trêmulo para a tatuagem. – Símbolo da sabedoria ideal, não é? Sempre quis ter *uma*!

Bruna franze a sobrancelha e morde os lábios, olhando para a própria tatuagem.

– Erro da juventude, se quer mesmo saber. Já estou até arrependida.

– *O quê?* – digo, boquiaberta. – Milhares de mulheres morreriam por uma tatuagem do dragão chinês.

– Se ao menos fosse uma pimentinha bem *aqui* – ela coloca o dedo sobre o ponto.

Ela quer tatuar uma pimentinha na virilha? É uma estratégia para chamar homens!

Começo a rir, sem saber se considero a frase ou tento a mesma coisa.

– Darla, você vai tirar a roupa ou não? – ela pergunta e senta na cadeira reclinada, segurando o copo transparente com água de coco – Não combina ficar toda empacotada na praia, mesmo num dia sem Sol.

– Lamento decepcioná-la, mas isso está fora de cogitação.

– Ué, mas por quê?

Algumas pessoas olham curiosamente para nós, na barraquinha ao lado, ouvindo a conversa. Como eu vou simplesmente falar?

– Darla? – Bruna me chama, percebendo que estou "ligada" nos vizinhos de praia.

– Estou de boi – comento, sussurrando como se estivesse cochichando.

– Está *de quê*? – Bruna pergunta, dando risadas.

Fala baixo! Uma velha corcunda e rabugenta me encara e sustenta o olhar.

– Você sabe... estou de chico!

Foi pior, meu Deus. Bruna não consegue simplesmente segurar a risada.

Todos da barraquinha ao lado viram o pescoço para mim e eu me encolho.

Fico olhando para eles, perplexa e envergonhada. Eles entenderam *tudo*!

Dou uma chorada por dentro.

– Tudo bem, Darla... acabo de entender.

Por isso que odeio os regionalismos. Por que em qualquer lugar do mundo o nome não é apenas *menstruar*? É normal, não é? Não preciso ficar vermelha sempre que digo, porque as mulheres passam por isso. Aqui, no Ceilão, e até nos canteiros da Chechênia. O problema é o seguinte: não estou assim, só muito embaraçada por tirar a roupa e ficar exibindo a minha barriguinha tamanho... *Plus size.*

Mas eu perdi dois quilos, não perdi? De qualquer forma, melhor deixar quieto.

Há uma pausa constrangedora entre nós.

– Mudando de assunto – a voz de Bruna ressoa alto. – Já pensou na despedida?

– Sou péssima com despedidas. De verdade.

– Sinto que você vai ficar arrasada em deixá-lo para todas aquelas geringonçadas metidas à *Lady Laura,* que frequentam a boate noturna.

– Pior que vou mesmo, como adivinhou?

Bruna dá uma risada eufórica e toma mais água de coco. No fundo, ficamos muito tristes, solitárias e chorosas quando deixamos um princípio de amor não resolvido e não completamente aproveitado. Eu nem o chamei de *meu pedacinho de tapioca.* Greg adorava ser chamado, embora não soubesse obviamente o que significava. Bem, nem eu. Vi a fabulosa Molly Hunter – daquele seriado divertido – dizendo para um jovem garçom, que recuou bem devagarzinho e bateu com a cabeça na parede. Coitadinho, deve ter ficado realmente constrangido com aquele olhar persuasivo de zebra desmamada e com Mal de Parkinson.

Molly Hunter é oficialmente a melhor presença de palco que existe.

Só de ela ficar parada, olhando para aquela câmera avançando, eu já fico bolando no chão de tanto rir.

– Previsibilidade demais.

– E inspiração e ânimo de menos – completo, dando de ombros.

– Espere um pouco! – Bruna se vira e o facho fininho de luz incide sobre a testa. – Você já planejou a noite de despedida? Por Deus, Darla, diga que planejou. É a saideira!

Dou um sorriso amarelado, gentil e desinteressado.

O que será que ela vai sugerir dessa vez?

Rezo para que não seja uma daquelas cintas com furo duplo para prótese, um urso de pelúcia com vibrador ou... (como é mesmo o nome?)... ah, *tanguinha encangada.*

O Greg me mostrou na prateleira, uma vez, e quase desmaei no meio do *sex shop Pumper Boop*. É de um mau gosto inesquecível, cuidado.

– Não posso arriscar nenhum esforço acrobático, esqueceu?

– Quem precisa de acrobacia no sexo, quando se tem imaginação? E tecnicamente falando, há outras maneiras de fazer uma despedida de arromba.

– O que você quer dizer com isso, Bruna? – engulo em seco.

– Relaxa, conheço a solução *perfeita* para o seu problema.

Sinto um arrepio só de pensar no que pode ser. Aceno com a cabeça, devagar.

– Certo. Então, qual é a sua solução perfeita?

– É segredo.

– Qual é! – digo, pálida e transparente como o último cubo de gelo da caçamba. – Se não contar, nada de *solução perfeita*.

– Chantagista barata.

– Você não me deixa outra escolha.

– Tudo bem, você venceu – ela respira fundo. – Prometa que vai confiar em mim.

– Depende.

– Droga, Darla, só diga que confia e ponto!

Ela está decididamente me encarando. Posso até ouvir a sua imaginação trabalhar.

A Bruna não é dona do melhor currículo sobre soluções perfeitas, mas até que elas são... expressivas e bem estimulantes. Só agora que sou capaz de perceber.

Elas deram certo, não deram?

– Confio, Bruna – concordo, com uma voz trêmula e incerta. – Confio em você.

Capítulo Onze

ONDE ESTAVA COM A CABEÇA QUANDO DISSE QUE CONFIAVA?

Quero voltar atrás, desfazer cada palavra.

Ou melhor, quero tomar uma cartela inteira de vitamina B12 e provocar suicídio!

Não é uma calcinha de tromba, nem tanguinha encangada da *Pumper Boop*.

É mil vezes pior e inesperado! É inacreditavelmente *o mico do século*!

Ah, meu Deus, estou parecendo uma pata choca grávida e empalhada!

– Puxa vida, Darla, como você está... – Bruna olha incrédula para mim e se afasta – Fenomenal. Caiu muito bem. Olha só a cintura, como ficou perfeita!

Ela caiu, bateu com a cabeça numa calçada e ficou louca?

– Maravilha de solução perfeita! – grito, desesperada e ofegante. – Estamos indo a uma festa à fantasia, por acaso?

– Só se a festa for acontecer na boate do gato mascarado.

– *O quê?* – viro para ela de olhos arregalados. Estou branca. – *Nem morta!*

– Darla, é só um sobretudo, não uma burca!

Tudo bem, o sobretudo é lindo e cheio de lantejoulas e esmeraldas brilhantes.

E é um *Rick Owens!* Meu pulso acelera. Mas o sobretudo não é o problema.

Ele é uma capa de grife para esconder o que está por baixo do seu tecido grosso e luxuoso. Por sinal, custa cerca de R$ 529,99 e isso me torna ainda mais falida e aumenta a margem para um ponto de extrema pobreza. Malditos preços ilusórios.

– Eu não vou subir naquele palco usando... *isto*! – digo, gritando alto ao seu lado – Agora, você ultrapassou todos os limites, Bruna! Não vou rebolar seminua para dezenas de homens tarados usando apenas... *isto*!

– E mulheres também – ela acrescenta, sutilmente.

– Eu... não... sou... lésbica!

– Claro que não é.

– *Isso é ridículo!* – rebato, tremendo. – E se filmarem e exibirem na internet?

Bruna me empurra para a frente do espelho do quarto do hotel.

– Pense nisso como a sua libertação! – diz, olhando meu reflexo. – Vamos! Tenha coragem, Darla. Você já fez isso uma vez, não pode ser tão difícil.

– Foi diferente! – continuo gritando, quase chorando. – Você me obrigou a subir!

– Exatamente.

– Por que está fazendo isso comigo, Bruna?

– Não estou obrigando. Você vai se preferir.

Fico em silêncio e puxo lentamente as lapelas alongadas para os lados. Examino o meu corpo apertado sob a roupa oculta e sinto uma pequena pontinha de arrependimento e vergonha. As minhas pernas estão enroladas com fitinhas elásticas, assim como quase toda a cintura.

– Você é linda, Darla. Diego é um cara de sorte. Eu sou uma amiga de sorte.

– Mesmo? – digo, emocionada.

Bruna segura os meus ombros e sorri descontraída.

– Mesmo.

– Talvez, ele adore a surpresa. Adore mesmo.

– Ele vai ficar agradecido – Bruna acrescenta, sentando na cama.
– Imagina só a sua imagem? O gato mascarado vai ficar com você na
memória por centenas de anos.

– Faz sentido.

– Claro que faz! Eu sempre tenho alguma razão. E olha, vou estar
lá, escondidinha no meio das pessoas, gritando bastante.

– Não posso fazer isso. Não tenho coragem.

– Darla, vai ser moleza.

– Vamos comigo?

Bruna ergue as pernas e começa a girá-las no ar, ainda sentada.

– Acha mesmo que nunca fiz isso antes?

– Duvido muito – dou uma risadinha de confronto.

– Está enganada. Também dancei... e dancei bonito. Aliás, parte
das mulheres que frequentam a boate já dançou.

– Sozinhas... – gaguejo. – Como se fossem uma atração à parte?

– Isso. Digamos que eles incentivam – ela diz, baixando as pernas.
– Na verdade, é como uma despedida de solteira. Você já foi a alguma?

– Claro! – respondo, fechando o sobretudo. – Mas foi diferente.
Não tinha mulher dançando fantasiada ou coisa parecida. Pelo contrário, tinha uns copinhos engraçados e com formas sugestivas, com
canudinho e tudo mais, véus brancos de lona, os *strippers*.

– E tem a visita a um bar, onde os homens trocam moedas por
uma *bitoca* da noiva – Bruna completa, dando risada. – A melhor parte
da despedida de solteira.

Concordo com um breve aceno, escondendo a verdade, pois, na
última despedida de solteiro de que participei, peguei uma frigideira de
inox e saí de fininho, dizendo que eu era a noiva. Devo ter arrecadado –
mais ou menos – umas 28 *bitoquinhas*.

– Adoro despedidas de solteira – digo, honestamente, ainda avaliando o reflexo do espelho.

– Elas são hilárias.

– E permitem que a gente se solte e esqueça a presença das outras
pessoas.

– *Esse é o espírito*, garota! – ela ergue a mão e coloca batom vermelho nos lábios carnudos e bem desenhados. – Deixem que filmem,

coloquem na internet, o escambau. O que importa é que você vai se libertar dos seus medos e, de quebra, vai provocar uma reação em cadeia na cabeça do gato mascarado.

Ah, Deus, e como seria libertador.

Sinto que os meus desejos vão explodir a qualquer minuto e, de todo modo, Diego bem que merece uma nova surpresinha. Não posso ficar à margem de um medo bobo e descabido incutido por uma sociedade preconceituosa.

E quem foi que disse que somente as ricas, as magras e esbeltas podem dominar o mundo? Sou como qualquer uma delas.

Aliás, tenho potencial e diferencial – *eu tenho coragem.*

De repente, sou tomada pelas palavras úteis da Bruna, minha nova amiga louca, e sinto que posso provocar mudanças. Eu quero fazer isso. Quero usar esta roupa poderosa, subir naquele palco e rolar sobre ele feito uma fera indomável.

– Vai ser uma grande despedida, não vai? – digo, com os olhos úmidos.

– Ah, nada de lágrimas antecipadas, Darla. Vai manchar a minha obra de arte.

Enxugo o canto dos olhos e, graças a Deus, as sombras da maquiagem continuam intactas. Em seguida, estendo a mão para ela.

– Obrigada por tornar meus dias, aqui, mais badalados e incríveis.

Ela segura a ponta dos meus dedos.

– Admito que você estava *mesmo* precisando de um empurrãozinho.

– E obrigada pelas situações constrangedoras.

– Não foi nada demais – ela cutuca as minhas costas, dando risadas.

– E por me fazer gastar quase todo o dinheiro que eu estava guardando para outra coisa – eu digo, semicerrando horizontalmente os olhos. – Enfim, tudo isso é para dizer, francamente, que vou sentir saudades. Não imaginava que encontraria alguém com uma presença de espírito tão grande. E uma amiga para toda a vida.

Bruna olha surpresa e emocionada para mim.

– Ah, Darla – ela me abraça e continuamos sorrindo uma para a outra. – Bendita a hora em que você entrou na loja e eu estava livre para atendê-la. Tipo, desculpa todas as pequenas surpresas com que você não estava habituada. A calcinha, a boate de *strippers*, a fantasia...

– Eu sou uma mulher moderna e descolada. Sem problemas.

– Por alguns momentos, você quis me matar, não foi?

– Mas tudo acabou dando certo.

– E você fisgou o peixe mais cobiçado e caro de todo o oceano.

– Bem, graças a você.

– Tudo bem, considere-se em dívida comigo.

– Estou atolada em dívidas, Bruna. Não sei se consigo suportar mais uma.

– Você é forte e o seu fardo ainda é leve – diz ela. – E então, pronta?

Deixo a respiração escapar aos pouquinhos.

Eu ergo o queixo e ajusto o sobretudo em volta do corpo.

Estou me sentindo única, segura e poderosa.

– *Pronta.*

As cortinas, então, se escancaram para uma plateia ansiosa.

De repente, eu escuto uns aplausos e gritos vindo em minha direção e – quase não acreditei – a música que começa a tocar nos imensos alto-falantes que retumbam acima de mim.

Ah, Jesus, é a música da *Little Miss Sunshine*!

Por um breve instante, percebo que vou desistir. É badalada, adequada e seguida por muitas batidas animadas de bumbos, baterias e chocalhos. Estou tremendo com essa recepção musical, mas a minha adrenalina me impulsiona a colocar a máscara veneziana coberta de purpurina brilhante e de contornos de prata.

Quando alguém começa a cantar, as luzes da boate recaem sobre a minha entrada triunfal e, sem que eu perceba, ficam obviamente me seguindo enquanto desfilo e rebolo no meio do palco. Simplesmente não acredito!

Eu, Darla, vestida de *mulher gato*... com um chicotinho e tudo mais.

Ofuscada pelas luzes tremeluzentes e coloridas, a roupa adquire diversos aspectos de tonalidade. Os homens avançam para frente, empurrando uns aos outros, erguendo as mãos para tocar a minha bota de cano alto e salto agulha.

E lá está ele – o meu *stripper* –, completamente imóvel, com o olhar incrédulo e, ao mesmo tempo, intocável. Diego está acompanhado de alguns amigos, mas ele sequer esconde a sua surpresa, segurando aquele copo de martini.

É a minha oportunidade. Que experiência fabulosa!

– *Gostosa*! – Bruna grita, descabelada, no meio dos expectadores. – Arrebenta!

À direita, há um ajuntamento de pessoas ansiosas e curiosas. Eu vou caminhando sensualmente até lá, com o coração batendo descompassado, e chicoteio um adolescente distraído e de boca aberta. Ele sorri e pisca para mim.

– É a minha amiga! Ela é a minha melhor amiga! – Bruna está dizendo para cinco rapazes muito corpulentos e todos aprovam a minha *performance* ousada. – Vai, Darla! Desce até o chão!

Eu desço mesmo, só para provocá-la.

Nunca mais a Bruna vai me desafiar.

Aliás, onde está Diego?

Perscruto a mesa perto do bar e seus amigos continuam me encarando e sorrindo.

Será que ficou chateado e se sentiu traído?

Quero descer daqui, agora mesmo! Diego não gostou da surpresa. Merda. Minhas mãos tateiam o cabide da parede, mas apenas encontram o lisura.

Puxa, cadê meu sobretudo *Rick Owens?* Ele... sumiu! Foi *roubado*!

Do outro lado, é a vez de as mulheres gritarem enlouquecidas e correrem para frente e acotovelarem os homens. A boate noturna se transforma num caos de pessoas malucas e bebendo. Todos ensaiadamente voltam as cabeças para a outra entrada, em arquivolta, e, então, um pensamento atinge a minha cabeça como um trovão. Giro os calcanhares e dou de cara com Diego, que vinha segurando o meu sobretudo e me chamando com o dedo.

Paro de dançar na mesma hora e fico muda de choque.

À luz dos holofotes, seu peitoral é imenso, circular e cheio de músculos de pedra.

– Concede a honra desta dança? – diz de modo sedutor, passando por trás de mim.

– Ninguém está mais prestando atenção em mim – grito, em meio à música.

– *Qual é!* – e volta a me chamar com o dedo. – Vai deixar todo mundo ansioso?

A boate prorrompe em palmas, e eu rapidamente interpreto isso como uma injeção energética de coragem. Nossos corpos se unem e Diego olha a minha fantasia e encara o meu chicote de couro negro.

– Será que isso dói? – ele pergunta.

– O quê?

– O chicote.

– Não sei – digo. – Quer experimentar?

– Só depois da *iniciação*.

– Iniciação do quê?

– Preciso ser declarado como um súdito, antes. Um fiel servidor da rainha.

Dou uma risadinha sem jeito e encabulada.

– Ah, entendi...

Ele gira seu corpo e cobre o meu com o sobretudo. Os homens vaiam e atiram seus copos de plástico. Por muito pouco, um copo de cerveja não acerta a minha testa de amolar facão.

– Vamos sair correndo daqui? – ele diz, ao pé do meu ouvido.

– E as pessoas?

– Parecem satisfeitas com o seu show.

Olho de modo desafiador para Diego, franzindo a testa.

– E se eu decidir ficar mais alguns minutos?

– Terei que arrastá-la com a força dos meus braços.

Engulo em seco, estudando a centimetragem do seu bíceps. Deve ser do tamanho da coxa de um homem. Percebo que não posso honestamente detê-lo.

Nem pretendo.

– Impossível. Ainda não é meu súdito – digo, fazendo um beicinho de reprovação.

– Sou um *súdito apaixonado,* e está no nosso sangue fazer tudo por amor.

Diego segura firmemente a minha mão e me puxa para a saída e, juntos, deixamos o palco sob a chuva de vaias e gritos de indignação. Em segundos, estamos correndo por uma ampla calçada que circunda os fundos da boate, em direção a um canto sossegado, onde possamos conversar e nos despedir sem incômodo.

Os saltos da bota afundam pela terra, deixando pequenos buracos para trás.

– Para onde estamos indo, Diego? – pergunto, ofegante.

– Para as estrelas.

– Sério.

– Sério.

– É humanamente impossível, exceto se você for um ET.

– Ou um anjo – ele responde.

– Mas, você não é um anjo, é?

– Não, sou um mensageiro.

– Mensageiro do quê? Do apocalipse?

– Não, *do amor.*

A comprida rua está muito silenciosa e fria, mas as luzes de Natal tomam as lojas, as varandas e sacadas das casinhas geminadas e as árvores espalhadas pela cidade.

– Desista – digo, com a língua para fora. Nossa, devo ter perdido mais dois quilos nessa correria toda. – O Cupido não é bem um mensageiro.

– Ah, é verdade. Só estava ganhando tempo.

– Ganhando tempo para quê?

– Quantas perguntas... – e, de repente, ele me envolve e nos encostamos numa das enormes portas fechadas de uma igreja que, para nosso completo espanto, se arreganhou para dentro e nós dois caímos na passarela, iniciando um barulho descomunal que ecoou nave adentro. Na queda inesperada, o sobretudo desafivelado se abre e revela a fantasia de mulher gato.

Ouço murmúrios e uma agitação vinda de dentro da igreja.

– O que significa isso? – alguém grita com uma voz rouca. – Quem são vocês?

Diego dá um pulo e me ajuda a levantar, enquanto olha perplexo para o altar, onde um padre abatinado está celebrando um casamento. E para completar, o sobretudo solta e cai completamente, deixando as minhas pernas e corpo descobertos e extravagantes.

Uns velhinhos da última fileira olham para mim e eu cubro o que está à mostra.

– Isso é alguma brincadeira? – a noiva encara o noivo, que está congelado, ao pé do altar. Os dois seguram alianças. – Quem é *aquela* mulher? É a sua amante?

Ah, meu Deus, e agora? Saia daqui, saia daqui. Ligeiro!

Chispa!

A igreja está abarrotada de gente deslumbrante. Olho os penteados em volta e fico levemente admirada com o bom gosto.

– Eu não sei quem é! – o noivo exclama, aparentemente nervoso. – Quem... quem são vocês, *droga*?

Diego dá uma rápida cotovelada nas minhas costelas e eu me adianto, fantasiada e cobrindo as partes sem as tirinhas elásticas que, convenhamos, são muitas. Pense, pense. Pense, Darla. Pense em alguma coisa útil! Vamos! Como conseguirei pensar com todas essas pessoas chiques e elegantemente vestidas olhando para as minhas coxas?

E, vamos admitir, que pouca vergonha invadir o casamento alheio vestindo apenas uma fantasia de mulher gato.

Ah, Deus, aquela criança levada está batendo com *meu* chicote na cabeça da mãe e está estragando um chapéu *Fedora* com abas de feltro para o inverno! Que desastre!

– Louvado seja Deus! – saio caminhando, no impulso, na direção do altar. – Era o senhor mesmo que estávamos procurando, padre!

Imagino que o padre vá abrir um sorriso acolhedor, mas ele fica de boca aberta, as mãos erguidas para os noivos. Isso não é bom. Na verdade, isso é péssimo!

– Tive uma visão, padre! – prossigo, sem pensar nas minhas palavras – E ela dizia para eu procurar uma igreja e ofertar parte do meu dinheiro para as obras de caridade.

Diego não segura a risada bem atrás de mim.

What? Eu disse *ofertar* dinheiro? Onde estou com a cabeça?

– Não é um bom momento, minha filha. E você está quase nua.

– Essa *maluca* está atrapalhando meu casamento! Façam alguma coisa! – a noiva fica gritando, com o buquê bem arrumado nas mãos.

– Deus disse – cito uma passagem bíblica, rezando para estar certa –, vinde a mim como estais, não disse? E só quero fazer uma oferta. Só vai durar... um minuto!

A criança agora está ao meu lado, dando chicotadas no meu bumbum. A mãe está puxando o chicote das mãos do menino, mas ele cai no chão e esperneia. Deus, a igreja inteira está comentando. Algumas mulheres bem arrumadas, com sobrancelhas erguidas, cochicham para outras, do banco de trás. Estraguei o casamento dos sonhos de alguém que, certamente, se esforçou muito para que tudo desse certo.

A mulher do buquê ficou noites sem dormir, porque está com várias olheiras.

E, agora, o casamento está sendo um gigantesco desastre.

A noiva senta no primeiro degrau do altar e enterra o rosto nas mãos, chorando.

– Tudo bem – admito, e meus ombros caem –, foi tudo um erro.

– *O quê?* – o padre olha como se exigisse uma explicação séria.

– É verdade! – Diego se adianta e tenta explicar ao noivo. – Desculpe, amigo. Sei que o casamento é um grande momento para você... – e, em seguida, olha para a noiva sentada – para vocês dois, aliás. A gente não sabia que a porta estava somente encostada e invadimos esta cerimônia importante por engano.

– Sim! – digo, com um nó na garganta. – Não viemos fazer nenhuma oferta. Foi... foi uma desculpa de última hora, padre!

– Por acaso, a senhora é louca? – o padre diz, fechando a Bíblia com um baque.

– Nossa, que casamento lindo e bem organizado! – dou um sorrisinho sem graça e me viro para os bancos. – Olha só toda essa gente fina e simpática.

A noiva ergue a cabeça e olha para mim, enxugando o canto dos olhos. Fica de pé e ajusta a cauda do vestido. Só agora observo o modelo clássico, de alta-costura, de comprimento acima do joelho e um bordado magnífico. Que vestido fantástico!

Parece um design da *Elie Saab*, mas sei que não é.

– Você não é amante do meu noivo, então? – ela pergunta, mais aliviada.

– Imagine! – digo. – Na verdade, não nos conhecemos.

Puxa vida, ela é tão insegura quanto eu! Diego me entrega o sobretudo, a máscara e o chicote e, tentando evitar demais o assédio dos presentes, começo a dar um passo em direção à saída da igreja. Diego segue em minha cola.

Antes de chegar à porta por onde entramos há instantes, a máscara cai das minhas mãos. Fico de cócoras para apanhá-la e meu rosto se aproxima da velhinha, que está de cara amarrada e encarquilhada.

– Que a paz do Senhor esteja convosco! – digo, e saio correndo para fora.

Passado o susto, estamos dando boas risadas à sombra de uma figueira iluminada.

– Que *história furada* foi aquela de ter uma visão e ofertar dinheiro, Darla?

– O que queria que eu dissesse? – pergunto, rindo de mim mesma. – Que éramos a grande atração do final da cerimônia e entrássemos dando piruetas e requebrando?

– Teria sido mais convincente.

– Você viu só a cara do padre, quando me viu fantasiada de mulher gato?

Diego começa a rir novamente e segura o tronco da árvore.

– Nunca vi ninguém tão chocado em toda a minha vida!

– Nem eu.

– Mas foi uma atuação brilhante! – ele diz, orgulhoso.

– Eu podia ser atriz de cinema. Quem sabe eu não ganharia um Oscar?

– E o Oscar de melhor papel comediante vai para – ele simula abrir um pedaço de papel chique e olha para frente, todo sorridente. – A *nova queridinha* do Brasil. Darla!

– Aqui! – dou um pulo do banco e fico agradecendo aos aplausos silenciosos, mas que reverberam na minha mente sonhadora. Estou usando o lindo vestido longo *Dornéu Tillson*, que a Sharon Stone vestiu na premiação de 2000 e... ah, não lembro bem o ano.

Então, ele fica com o semblante sério.

– Bem, vamos falar de você.

Paro de rir na mesma hora e evito o seu olhar suplantador e indignado.

– Está acabando tudo isso, não é? – digo, sentando outra vez no banquinho úmido.

– Infelizmente – Diego rapidamente concorda e senta-se ao meu lado, colocando a mão em volta da minha cintura. – Mas tive momentos inesquecíveis. Os melhores, aliás, recheados de muito aprendizado, boas gargalhadas e surpresas. Para você ver como são as coisas, eu que realmente planejava distribuir surpresas ao longo desses três dias e, no final das contas, acabei sendo o surpreendido. Por várias vezes seguidas.

– Não seja bobo, Diego...

– Sério – ele afaga os meus cabelos –, tem noção do quanto é surpreendentemente engraçada? É impossível não se divertir, torcer e se entusiasmar com suas trapalhadas.

– Eu disse que era desastrosamente fora da realidade.

– Considero isso como uma vantagem. Nem todas as pessoas conseguem ter todo esse encanto particular. É, na verdade, muito conveniente, sabia?

Estou levemente corada com o que acabo de ouvir. Diego é um cavalheiro e sabe dizer palavras estonteantes e dignas, que até tenho vontade de desabar no choro. Ele é um *homem para casar*, para se ter uma lua de mel relaxante dentro de um mar tranquilo e... e... ter uma segunda lua de mel.

Não consigo deixar de apreciar a delicadeza de suas palavras gentis.

– Bem, obrigada – eu agradeço, tentando parecer casual e menos desconcertada. – Reconheço que tudo isso ainda é novo para mim, contudo admiro os seus elogios.

– Você viaja pela manhã, não é?

– O voo está marcado para as nove.

– Contabilizando os minutos de atraso?

– Isso. Não somos ingleses para ser tão pontuais.

Diego desloca o ombro até a altura da superfície do recosto de madeira do banco e continua murmurando baixinho.

– Diga-me, Darla, o que vai fazer na noite de Natal?

– As mesmas coisas de todos os anos – digo, surpresa com sua pergunta. – Jantar com meus pais e Andrea, minha irmã mais nova, trocar presentes e tomar champanhe em volta da árvore montada por papai. Ah, ficamos conversando até tarde sobre cada um de nossos planos para o próximo ano.

– Definir as metas não é uma *tradição* realizada no Ano-Novo?

– Cada família com a sua mania. É um planejamento em longo prazo.

Diego dá uma risada e acaricia o meu pescoço.

– E você – pergunto, de modo sugestivo –, quais os planos para o Natal?

– Nada muito tradicional.

– Vai dançar na boate, para todas aquelas mulheres?

– Nada muito tradicional assim, melhor dizendo.

Dessa vez, dou uma risadinha sem qualquer compromisso.

– E aí?

– Quero passar o Natal com você – ele responde, certo de cada palavra.

– Tá de onda comigo, Diego?

– Falo sério. Quero passar o Natal contigo. Por que a expressão de perplexidade?

Estou de olhos estreitados, desses que parecem notavelmente incrédulos à medida que acompanham um entendimento. Ele quer passar o Natal comigo. De qualquer modo, é perfeito. Vicky e Cristina ficarão encantadas com o charme de Diego e, sem pestanejar, dirão que fiz uma escolha declaradamente excelente.

Bem, não posso tratá-lo como uma propriedade minha, posso?

Clarice vai explodir em fragmentos invejosos e deixar de ser metida à última bala que matou John Kennedy. Ela é detestável, mas sabe disfarçar que perdeu a posição de controle.

– É difícil acreditar – digo, impressionada.

– A não ser que você tenha alguma objeção.

– Claro que não! – exclamo, depressa. – É que eu não esperava por isso.

– Você precisa se acostumar com os meus desejos inesperados – ele segura o meu queixo e o puxa em sua direção –, *se quer ser a minha namorada*.

Nossos rostos ficam praticamente colados. Seus olhos estão vidrados e brilhando, enquanto nos encaramos.

– Namorada?

– Eu ia formalizar o pedido, mas nenhum de nós teve tanto tempo.

Ele beija delicadamente os meus lábios.

– Tem certeza?

– É mentira – e ele beija os lábios inferiores. – Estava encorajando meus sentidos.

– Engraçadinho.

– Posso interpretar o que disse como um *sim, quero ser a sua namorada*?

– Se for um sim, precisamos estabelecer algumas regras e limites.

– Huumm – ele afunda os lábios no meu pescoço.

– Sou muito, muito ciumenta.

– E?

– Não vou gostar de vê-lo sendo assediado por aquelas mulheres secas por homem.

Ele se afasta e me olha com séria incredulidade desenhada no rosto. Eu estremeço.

Há um silêncio constrangedor entre nós.

– *Brincadeira!* – adianto, antes que ele mude de ideia. – Sou um mulher moderna e consciente da importância do trabalho do homem na construção da sociedade. E, bem, os *strippers* se enquadram na definição de trabalho digno, não é?

É lógico que eu não vou gostar mesmo, mas vou trabalhando isso, aos poucos.

Ele começa dançando na boate noturna duas vezes por semana e, depois de nossos diálogos de relacionamento, termina provavelmente sentado na cadeira giratória de uma empresa com grande participação no mercado nacional. E, também, internacional.

É só um projeto ambicioso para se trabalhar ao longo dos dias de convivência.

Enfim, estou cheia de planos e inspirada, mas não quero arruinar tudo logo agora que ele finalmente está me pedindo em namoro. Deus, como estou gelada!

– Isso mesmo – ele me abraça.

– Está intimado a passar o Natal comigo, então.

– E mais algumas datas comemorativas importantes.

– Como a passagem do ano?

– Quem sabe... – depois ele abana vagarosamente a cabeça. – Esse, eu geralmente fico com meus pais, no ranchinho secreto deles.

– Seus pais têm um ranchinho secreto?

– É perfeito – diz, empolgado. – Vou levá-la para conhecer, qualquer dia desses.

– Adoraria!

Diego vira o rosto em minha direção e vejo malícia em cada um de seus traços.

– O hotel aceita que os hóspedes levem alguma visita?

– Na verdade, não sei. Não li o folheto da política de hospedagem.

– Quero quebrar o protocolo e arrancar a sua excitante fantasia de mulher gato.

– Pelo menos, você não pediu para fazer uma nova dança sensual.

– Boa ideia. Agora, vou querer uma dança sensual só minha.

Abro a boca num formato de O perfeito.

Droga, por que fui lembrá-lo?

Capítulo Doze

TALVEZ, EU CONSIGA FECHAR A MALA SEM FAZER TANTO ESCÂNDALO.

Mas a danada está dando um grande trabalho. Nossa, como posso chegar a tempo, no aeroporto, se esta *imprescindível* companheira de viagem está dando uma trabalheira danada? Deus, não é realmente possível que até as minhas pouquíssimas roupas tenham engordado desde a última vez em que as coloquei tranquilamente dentro da mala.

Bom, admito que há algumas coisas a mais (tudo culpa da Bruna), mas deveria me preocupar com isso? Tirando o fato de as minhas dívidas continuarem na mesma, com a diferença de que só me restou 1/40 do cheque que ganhei para viagem, tudo bem.

Estou no lucro. R$ 75,00.

Calculo mentalmente as desculpas esfarrapadas – e aparentemente sinceras – que preciso dar para todos os meus cobradores. A *Mary Kay. Boutique Charmosa. Bistrô do Nicolau. Espaço Essência. Carmen Steffens.* E se me enxotarem do cidade, munidos de bombas, canhões, espingardas e tudo mais?

Onde eu e Au-Au iremos morar?

Quem terá alguma coragem de abrigar duas *sem-teto* falidas e com os nomes sujos no mercado de compras e vendas?

Pior. E se unirem as forças e planejarem uma conspiração em nível mundial?

Ah, Deus, como pude ter sido tão impulsiva e gastado praticamente tudo?

Preciso de um milagre. Um milagre urgente.

Ou ganhar na loteria. Ou assaltar um banco. Ou... me fingir de morta por cinco anos! É um plano infalível, pensando bem! Mas onde ficaria enfiada?

Num hotelzinho de beira de estrada, que custará os olhos da cara, dormindo duas noites por semana e com medo de ser descoberta?

Não, é melhor agir com honestidade. Preciso erguer a cabeça, ser corajosa e tentar ser franca com os credores. Na verdade, posso até negociar um desconto considerável e diminuir a minha dívida total da fatura atrasada. Preciso ser confiante e otimista.

Nada de pânico, Darla. Você vai encontrar um jeito de ficar livre dessas dívidas.

– Senhorita – a camareira bate na porta do quarto –, o seu táxi acaba de chegar.

– Só mais um minutinho, já estou indo!

Ainda mais isso. Gasto com o táxi. Lá se vai mais um pouco do dinheiro valioso.

Céus, tudo está acontecendo rápido demais.

– Bruna, é lindo! – eu seguro a caixinha com o colar de esmeraldas da *Tiffany* que acabo de ganhar de presente, trêmula. – Nossa, não precisava!

– Você babou tanto pelo colar, que resolvi fazer um pequeno esforço e dar-lhe como um presente de Natal.

– Meu Deus, ele custa mais do que eu posso imaginar! – digo, fazendo menção de devolver o colar dentro da caixinha brilhante. – Não, eu não posso aceitar, sabendo que você deve ter usado parte de suas economias.

Bruna, então, estende a mão para receber o presente que havia acabado de me dar.

– *Quanta gentileza* – sua mão está a poucos centímetros da caixa. – Vou levá-lo de volta para a vitrine de joias.

Lanço um olhar fulminante e cheio de desespero. Quanta falta de educação!

Ela quer pegar de volta o colar da *Tiffany*? Nunca fui tão ofendida!

Antes que Bruna o capture de minha mão estendida, puxo-a ligeiramente de volta e coloco a caixinha dentro da bolsa.

– Acabo de lembrar que é feio *devolver* presentes! – digo, rindo descaradamente.

– Darla, você oficialmente não presta mesmo.

Uma voz elegante e educada começa a chamar os passageiros do meu voo.

– O gato mascarado não vem?

– Na verdade, ele agora é meu namorado. Só meu! Hahahaha...

– Eu já sei. Mas ele vem ou não?

– Disse que estaria atarefado, pela manhã, mas ligou desejando uma boa viagem – digo, encolhendo tristemente os ombros.

Bruna rapidamente me abraça e, enquanto aprecio a força sincera de sua amizade, começo a chorar no meio do saguão do aeroporto, onde centenas de pessoas transitam e acenam para os familiares.

– Mas ele prometeu que vai me ver, no Natal. E vamos nos falar por telefone.

– Usem de modo seguro o Skype para fazerem... hum, agora você sabe melhor do que eu dessas coisas.

Dou uns tapinhas nas costas de Bruna, ligeiramente sorridente com o comentário.

– Vou sentir tantas saudades suas, sabia? – digo, choramingando em seus ombros.

– Para já de chorar, sua molenga! – mas ela pede, com lágrimas nos olhos. – Vai manchar a minha blusa de cetim! Custou uma fortuna.

– Desculpe – enxugo o canto dos olhos e seguro a alça da minha mala pesada. Ah, de novo, não. – Você poderia me ajudar a carregar este *bloco da pirâmide de Gizé* até o outro lado da grade?

Bruna começa a rir e imediatamente responde que não com a cabeça. Meu queixo cai e fica onde está. Como assim ela não vai me ajudar a carregar a mala?

Cadê a ética?

– É deselegante pedir para uma dama carregar um peso assim, sabia?

– Não acredito que não vai dar uma forcinha! – estou perplexa com o desaforo.

– Não preciso.

– Precisa, sim! Como é que vou puxar sozinha até a grade? Olhe só a distância e o peso *disso aqui*. É tortura.

– Não é tortura, Darla – diz. – É o exercício que muitas mulheres praticam há anos.

– Por que não deixa que eu carrego a mala para você? – uma voz familiar soa bem atrás de mim e eu me viro, aparvalhada.

Por um segundo, o saguão inteiro gira e sinto que vou desmaiar de susto.

Diego – o homem que coloquei na minha lista, na folha onde destaquei *o homem da minha vida* – está sorrindo. Deus, que homem lindo! Seu terninho bem cortado brilha pomposamente e, quando ele segura a minha mão, tudo dentro de mim chacoalha e fica agitado. É oficial: estou apaixonada, perdidamente apaixonada por um *stripper*.

Um *stripper* que – ao que estranhamente parece – eu paguei para sair comigo.

Mas agora, sinto que vai dar tudo certo. Sinto porque Diego faz alguns esforços e, quando a gente percebe, sente que estamos prontos para viver até o último segundo.

– Inventei uma *desculpa qualquer* para encontrá-la, antes do embarque.

– Danadinho. Não se esqueça de que, aqui, sou eu a *mestre das desculpas*, tá?

– Preciso concordar.

E então, ele desprevenidamente me agarra e me beija. Tivemos de nos largar, quando a mulher de voz elegante chamou, pela última vez, os passageiros do meu voo. Sou obrigada a voltar para o aconchego do meu lar, para a minha família, Au-au, amigas e para as minhas dívidas com o cartão de crédito.

Capítulo Treze

É MANHÃ DE NATAL! TUDO FICA LINDO, BLUE, DESCONTRAÍDO E ABENÇOADO!

Está garoando e estamos reunidos animadamente ao redor da árvore recheada dos presentes mais inimagináveis do mundo. Andrea senta-se ao meu lado, admirada com as toalhas rendadas que ganhou da mamãe e do papai. Honestamente, elas são lindas e até acho que cairiam bem em minha suíte. A mamãe dança com Au-Au (ah, Deus, como ela está um arraso com aquelas fitinhas lilares enroladas nas orelhas em riste e com o sininho natalino pendurado no pescoço) e, enquanto nos distraímos com tantas conversas, papai aparece trazendo uma pesada caixa nas mãos.

Há o meu nome escrito em letras garrafais no papel que desce facilmente.

– Darla, aqui está a sua *lembrancinha* de Natal – papai diz, colocando a caixa em meus joelhos, com o sorriso enorme e contagiante.

Eles chamam *isto* de lembrancinha? É como apelidar a Torre Eiffel de montanha e apelidar o gato Tom de rato Jerry, que é minúsculo e perfeitamente adorável.

– Ah, papai – digo, emocionada, mas chacoalhando a caixa. Não consigo perceber o que é –, uma caixa desse tamanho só pode ser...

Meu coração dispara. Certo. Tudo bem. Não se descabele. É perfeitamente normal a mente humana simular a ilusão de vários presentes, antes da descoberta.

Tenho certeza de que mamãe ou Andrea me ouviram cantar na cozinha, ontem.

Principalmente um trecho empolgadíssimo que dizia: *eu quero alcançar o céu, usando sapatos L'Autre Choose e a blusa azul-celeste da Fabiana Filippi.*

Foi um código bem convincente e ousado, e acho que elas entenderam a minha intenção.

– Não vai abrir, sua boba? – Andrea diz, com um olhar curioso, ao meu lado.

– Ah, é claro! – digo, excitada, ensaiando a minha expressão de surpresa quando a primeira armadura de camurça da *L'Autre Choose* vier ao mundo.

Rasgo o papel de presente que embrulha a caixa e, quando o jogo de lado, minhas entranhas quase dão um nó. Está sendo uma aventura desvendar as pistas enigmáticas e bem planejadas da minha família. É uma caixa de papelão, obviamente, mas tem alguns detalhes importantes e expressivos – o símbolo de uma marca.

Uma marca mundialmente famosa e desejada por todas as mulheres.

Quem liga para sapatos *L'Autre Choose* e blusa *Fabiana Filippi*, quando dá de cara com uma imensa caixa da *Vivienne Westwood*?

– São aquelas *duas* saias de lona da *Westwood*, que coloquei no cartãozinho para a árvore! – exclamo, levantando-me com um pulo empolgado.

A emoção de segurar duas saias da *Westwood* é tão grande, que começo a chorar, abraçar e beijá-las imediatamente. Sinto o cheiro de grifes. Sinto o cheiro do bom gosto.

– São lindas! – dou um abraço apertado em papai que sorri para as mulheres da casa. – Mas duas saias *Westwood* custam os olhos da cara!

– E o outro embrulho, que chegou mais cedo? – Andrea diz, olhando confusa para mamãe. – Não vão lhe entregar?

O quê? Outro embrulho? Acho que vou desmaiar. Papai abre um sorriso.

– Já ia esquecendo – ele traz com segurança o outro embrulho, bem menor que o primeiro. Na verdade, é pequeno. – Chegou pela manhã, mas não tem mais nada escrito, só o seu nome.

– Só o meu nome? – pergunto, trêmula. – Nenhum bilhete?

– Nada mais – responde ele, sentando no sofá. Até mamãe veio se juntar a nós.

Puxo delicadamente o barbante vermelho, ofegante e pensativa, e observo os dois lados lentamente se soltarem. Então paro, de repente, com os olhos arregalados e jogo o embrulho para o colo de Andrea, que por um pouquinho não se esborrachou no piso de cerâmica, assustada e desprevenida. É uma bomba!

Não, pode ser o vírus que faz cair os dentes e envelhecer os cabelos em dois dias!

Ou melhor, é a cabeça empalhada de uma barata!

– Tem um pedaço de papel com algumas coisas escritas – Andrea estende o papel para mim, colocando o embrulho vazio no sofá.

Quando o sinto nas mãos, parte de mim imagina quem poderia ter escrito aquelas palavras usando pequenas letras tão caligráficas, mas a outra já suspira de entendimento.

Diego. Foi ele quem escreveu. Nada de presente. Nada de grife. Só uma frase seguida do desenho que, por incrível que pareça, me tocou profundamente. Os olhos lacrimejam, enquanto leio as letras do homem por quem me apaixonei de verdade e – honestamente falando – conquistou um valioso pedaço de mim mesma que, sem querer ser superficial demais, consegue facilmente agradar as pessoas.

Deixo as suas palavras serem absorvidas pelos meus pensamentos e, como reflexo, encaro o poder dos acontecimentos maravilhosos – que começam a partir de agora – como algo que sempre alcança (e alcançará) a minha vida.

– É do *gato* mascarado? – pergunta Andrea, toda sorridente e curiosa. – O bilhete?

Mas já estou de pé, empolgada e nervosa, correndo na direção da saída.

Abro a porta da casa dos meus pais e, então, não me interessa o chuvisco que cai e limpa esta manhã de Natal. Não me interessam as poças de água em que piso, tampouco o problema que isso ocasionará aos meus sapatos finos.

Só me interessa a figura – vestida numa capa de chuva – que está caminhando na minha direção, sorridente e acolhedora. Diego me abraça amavelmente e posso sentir a saudade escapar pelos seus poros cobertos por... bem, não sei de qual marca é essa capa de chuva quase transparente e de plástico. Só sei que o deixa ainda mais lindo.

– Eu sabia que você iria entender o bilhete – ele diz, beijando os meus lábios, num dia de Natal diferente e estimulante.

– Se queria mesmo dificultar, deveria ter desenhado outra coisa – retribuo o beijo da maneira mais intensa que consigo. Quase caímos na grama do vizinho.

– Então, *surpresa*! – ele ri descaradamente.

– *Maravilhosa surpresa*, mas como disse que só chegaria à noite – acrescento, em tom de brincadeira –, não sobrou comida para você.

Bem feito! E a culpa é sua mesmo.

– Não tem problema.

– Como está sendo o seu dia de Natal? – estou olhando para ele.

– Até agora há pouco estava meio *indiferente*. Mas vai melhorar. E o seu?

– Cheio de presentes.

– Presentes, é? – Diego pergunta, maliciosamente.

– Alguns presentes e um pedaço de papel com um *presente desenhado*. E letras.

Ele ri.

– Desculpe, mas ainda teremos tempo para muitos presentes.

– Tudo parece bom como está – digo, inteiramente orgulhosa da sua honestidade. – E, só para constar e torná-lo ainda mais especial, você é o meu *melhor* presente.

Envolvo a sua cintura e o beijo... completamente feliz e realizada.

Epílogo

NÃO IMPORTA O TAMANHO DA SUA SORTE.

Não importa se a experiência que você acumulou é em sapatos *Jimmy Choo*, joias *Marc Jacobs*, cintos *Armani Jeans* ou *Miu Miu*, bolsas *Tod's*, carteiras Gucci, enfim...

O que realmente importa não é quanto disso você tem no guarda-roupa.

Lógico, quando se pesa na balança, é bastante valioso e precisa ser considerado. Traz prazer. Ofusca. Torna a nossa existência mais glamorosa e significativa.

E, aos olhos das pessoas, somos importantes por isso.

Mas pode, também, ocultar a nossa identidade e essência.

Eu não quero ser vista como uma outra Darla... mais durona, capitalista e infeliz.

Por isso comprei um diário com folhas cheias de arabescos. Será como uma amiga confidente e que me ajudará a controlar tudo o que eu comprar e a classificar tudo com uns adesivinhos coloridos que vêm de brinde. São bonitinhos, cheios de vida e custaram a metade do preço. Viu só? É um progresso. Um grande progresso, aliás.

Foco. Foco. E foco. Eu sei exatamente que consigo.

Ah, Deus, acabo de lembrar que esqueci de dividir um segredo com você. Bom, a minha dívida com o cartão de crédito... acabou! Não é maravilhoso? Precisei de um dois adiantamentos e meio da loja e, bem, tive que convencer o senhor Rui de que isso é uma prática lucrativa, que está sendo incentivada pelas principais centros de beleza e estética do mundo inteiro. E está dando positivos resultados na economia e promovendo o bom giro de capital, além de motivar as pessoas.

Quando estamos com os bolsos cheios, nós trabalhamos mais felizes, inspirados e produtivos. Pelo menos, tudo fez o maior sentido e ele acreditou.

O problema é que vou ter que trabalhar por dois meses e meio sem receber nada.

Mas o meu *Visa* está limpo, até segunda ordem, assim como minha consciência.

E tenho tudo de que preciso – uma cachorrinha sapeca, dois quilos a menos, um ótimo apartamento, uma família linda, nome limpo no mercado, as melhores amigas que alguém poderia ter e um namorado que, apesar da minha relutância, ainda dança aos finais de semana na boate noturna (vulgo antro de mulheres secas por homem).

Seja como for, agora moramos na mesma cidade. Temos boates noturnas por aqui e uma delas acabou sendo minha salvação, porque trouxe Diego para cá. Sobre todas as mudanças que podem ocorrer durante o relacionamento, somente nós dois resolveremos de maneira adulta, consciente e responsável.

Nada de atrevimentos, pânico e ansiedade, porque isso nunca funciona mesmo.

E quanto a mim... er ... (limpo a garganta)... fizemos um empolgante show na noite da primeira apresentação do comentado *homem mascarado*.

Foi um tremendo sucesso e, na verdade, as pessoas continuam maravilhadas. Até mesmo na faculdade; as minhas novas colegas do curso de Economia (especialmente da cadeira de *economia doméstica*, que é tão a minha cara) enfatizaram que nunca mais me deixarão esquecer o sucesso que fizemos. E será assim que tudo vai continuar... firme, sólido e extraordinário.

E, quanto a sua maior dúvida, não precisa nem perguntar. Algumas coisas nunca mudam, por mais que a gente queira. Eu usei minha máscara veneziana e o meu chicote de couro negro, é claro.

Agradecimentos

Este pequeno livro é dedicado a algumas pessoas que participaram ativamente do seu divertido processo de criação:

Bruna Dal Ferro – a melhor *beta reader* do mundo –, pelos seus aconselhamentos particularmente estéticos e fabulosos e por inspirar alguns de meus personagens.

Renatha Cabral – meu amor –, por ser sempre paciente e entusiasmada, cada uma de suas principais ações serviu de estudo para a composição deste livro. E por ter suportado me dividir com a sua escrita vergonhosamente demorada.

Meus pais – queridos Nelson e Creusa –, por tudo, especialmente pelo incentivo e pelo amor dedicados a mim, em todas as etapas da vida.

Minhas irmãs – Claudiane e Laísa –, pela fundamental participação e consultoria sobre moda, tendências e marcas.

Por fim, não poderia deixar de agradecer à legião de pessoas que acreditam que as palavras podem mudar o mundo, principalmente se forem escritas com o coração aberto e honestamente sincero.

Leitura Recomendada

Sugar
Meu Doce Vício

Vanessa de Cássia

Flora é uma professora de Inglês muito dedicada, esforçada e carente. Ela é uma devoradora de livros e os vê como seu refúgio. Busca constantemente nas histórias a sua própria história! Maravilhada com esse novo universo de livros eróticos, ela se vê tentada a buscar diversas aventuras, até que... sua campainha a desperta para novas sensações...

O Aroma da Sedução

Jéssica Anitelli

Mariana é uma mulher linda e extrovertida que, apesar de fazer sucesso entre os homens, está longe de querer um compromisso sério. Desde que uma experiência ruim no passado fechou seu coração para relacionamentos, ela faz de cada encontro uma noite perfeita que não se repetirá. Esse esquema funciona bem, e ela se sente confortável assim. Pelo menos era o que achava, até que um admirador secreto entrasse em sua vida.

www.madras.com.br

CADASTRO/MALA DIRETA

Envie este cadastro preenchido e passará a receber informações dos nossos lançamentos, nas áreas que determinar.

Nome_____
RG_____ CPF_____
Endereço Residencial _____
Bairro _____Cidade_____Estado_____
CEP _____Fone_____
E-mail _____
Sexo ❏ Fem. ❏ Masc.   Nascimento_____
Profissão _____ Escolaridade (Nível/Curso) _____

Você compra livros:
❏ livrarias   ❏ feiras   ❏ telefone   ❏ Sedex livro (reembolso postal mais rápido)
❏ outros:_____

Quais os tipos de literatura que você lê:
❏ Jurídicos   ❏ Pedagogia   ❏ Business   ❏ Romances/espíritas
❏ Esoterismo ❏ Psicologia   ❏ Saúde   ❏ Espíritas/doutrinas
❏ Bruxaria   ❏ Autoajuda   ❏ Maçonaria ❏ Outros:

Qual a sua opinião a respeito desta obra?_____
_____

Indique amigos que gostariam de receber MALA DIRETA:
Nome_____
Endereço Residencial _____
Bairro _____Cidade_____ CEP_____

Nome do livro adquirido: Um Novo Amor à Vista

Para receber catálogos, lista de preços e outras informações, escreva para:

MADRAS EDITORA LTDA.
Rua Paulo Gonçalves, 88 – Santana – 02403-020 – São Paulo/SP
Caixa Postal 12183 – CEP 02013-970 – SP
Tel.: (11) 2281-5555 – Fax.:(11) 2959-3090
www.madras.com.br

Este livro foi composto em Times New Roman, corpo 11/12.
Papel Off White 66,6g
Impressão e Acabamento
Orgráfic Gráfica e Editora — Rua Freguesia de Poiares, 133 —
Vila Carmozina — São Paulo/SP — CEP 08290-440 —
Tel.: (011) 2522-6368 — orcamento@orgrafic.com.br